ことのは文庫

君が、僕に教えてくれたこと

水瀬さら

MICRO MAGAZINE

目次
CONTENTS

君が、僕に教えてくれたこと

第一章　幽霊の願いごと

あいつ、今日もいる。

学校帰りに毎日立ち寄る、駅前のコンビニエンスストア。

駐車場の隅から、じっと店内を見つめているセーラー服の少女。

しっかりと確認したその姿を、富樫天《とがしてん》は完全に無視して自動ドアの前に立つ。

チャリン。

店内に入った途端、床になにかが散らばる音がした。

「す、すみませんっ」

聞き慣れた声が響き、青いコンビニの制服が目の前に飛び出てくる。

つるんとした丸いおでこを見せ、黒ゴムで髪をひとつに結んだ若い女性店員。

すっぴんに近いナチュラルメイクで、最初は天と同じ高校生かと思ったが、どうやらもっと年上らしい。

レジカウンターの中から慌てて出てきた店員は、床に落ちた物を拾いまくっている。お釣りの小銭を上手く渡せず、客の足元にばらまいてしまったようだ。

「申し訳ございませんでした！」

ぺこぺこ頭を下げながら、店員が客にお金を渡す。スーツ姿の男性客は、不機嫌そうに店員を見下ろしている。

またあの女か。

天は小さく息を吐くと、ふたりのやりとりから目をそむけた。そして飲み物のコーナーへ行き、一リットルの牛乳が並んでいる棚の前に立つ。

「あ、ありがとうございましたぁ！」

店員の声と同時に、客が自動ドアから外へ出ていった。変に絡まれることなく、治まったらしい。

天は意味もなく牛乳の賞味期限を眺め、耳だけをレジの方向へ向ける。

「桜木《さくらぎ》さん、慌てない、慌てない」

甘ったるい男の声が聞こえてきた。半年くらい前にここでバイトを始めた、茶髪のチャラい大学生だ。ふたりはいつも同じシフトで入っていて、チャラ男がドジ女にかいがいしく仕事を教えている。

ドジ女の名前は『桜木』。なにかと名前が聞こえてくるから、覚えたくなくても覚えてしまった。

「すみませんっ、私、ミスってばかりで……」

「大丈夫だよ、桜木さん。ひとつずつ落ち着いてやろう」

女が男に慰められている。それもいつものこと。もういい加減見飽きた。

天は赤いパックの一リットル牛乳を手に取り、それをレジへ運んだ。

「あ、いらっしゃいませ」

桜木は天を見ると、こわばっていた表情を少しやわらげた。ほとんど毎日ここに立ち寄る天のことを、覚えているのだ。

「え、あれ？」

カウンターの上に置かれた牛乳を見て、桜木が首をかしげる。

「なにか？」

「あ、いつもと違うと思って。ほら、いつもは青いパックの牛乳を買われていきますよね？」

「飽きたんで」

ぶっきらぼうに答えると、桜木はくすっと笑う。

「それでも牛乳は飽きないんですね」

余計なお世話だ。

「いくらっすか？」

「あ、はい！　えっと……」

ぎこちなくバーコードを読み取り始める桜木。胸元には『さくらぎ』とひらがなで書かれた名札がついている。

「二百五十七円でございます！」

天はポケットからお金を出して、カウンターの上に置いた。桜木がレジからお釣りを出し、今度は小銭をぶちまけないよう丁寧に返してくる。

その手が一瞬だけ、天の手に触れた。指輪もネイルもしていない、でも細い指が綺麗な手。

「ありがとうございましたぁ！」

笑顔で声をかけられた。その様子を隣のレジにいるチャラ男が、不機嫌な顔で見ている。

天は軽く頭を下げて、さっさとコンビニをあとにした。

疲れる。最近コンビニに来るだけで、すごく疲れる。

あの女のせいだ。

桜木をはじめてここで見かけたのは、約一か月前。冬休みのころだ。あれからほとんど毎日勤務しているくせに、いまだに簡単な仕事も失敗ばかりで、他人事《ひとごと》ながら心配になる。恐ろしく仕事ができない人なのか、もしくは生まれながらの天然か。たぶんその両方だろうけど。

なんとなく気になって、ちらりと後ろを振り返る。

ガラス窓の向こうで、桜木が恥ずかしそうに笑っていた。レジカウンターの中で、チャラ男と話しながら。

あの女、ああいう男がタイプなのか？　見るからに遊んでそうだぞ？　ほら、馴れ馴れしく肩なんか叩いちゃって。まぁ、どうでもいいけど。

ふうっとため息をつき、店に背中を向けた、そのときだ。

天はセーラー服の少女と目が合った。

「やべ……」

つい気を抜いてしまった。絶対見ないように気をつけていたのに。

するとみるみるうちに少女の顔が、ぱあっと明るく輝いた。

天は慌てて顔をそむけたが、時すでに遅し。

「ねぇっ、あなた、あたしの姿が見えるの？」

聞こえないふり、聞こえないふり。振り向いてはだめだ。これはいままでの経験から学んだこと。

天は駐車場を早足で横切る。

「ねぇ、待ってよ！　そこのヤンキーっぽい人！」

うるさい。ついてくるな。てか、ヤンキーっぽいって言うな！

「ねぇってば！　聞こえてるんでしょ！　あたしの声！」

目の前に少女が立ちはだかった。天は仕方なく足を止める。

黒い短めのボブヘア。大きくてくりくりした目。着ているセーラー服は、天が卒業した中学ではなく、たしか南口にある中学校の制服だ。小柄な体格のせいか、制服がずいぶん大きく見える。

「やっぱり見えてるんだね？」

「う……」

「見えてるんでしょ？」

頬をピンク色に染めた少女が、さっきよりもっと嬉しそうに言う。

「うるせぇ！　俺に近寄るな！」

怒鳴ってから、はっと口に手を当てた。

駐車場を歩く若いカップルがこちらを見ている。ふたりは天の顔に気がつくと、おびえた表情で逃げ出した。

まずい。怖がられてしまった。

顔を隠すように、視線をそらす。すると、きょとんと天を見上げている少女と目が合った。

「……すごい」

「な、なにがだよ。てか、近寄るなって言ってるだろ？」

今度は声のトーンを落として話す。

この少女は他の人には見えない。声も聞こえない。

こんなふうに会話ができるのは——幽霊が見える天だけなのだ。

「いやよ」

少女……いや、セーラー服の幽霊が天の腕をつかんだ。ひんやりとしているけれど、触れられた感触はちゃんと伝わる。

「やっと見つけたんだもん、あたしのことが見える人。絶対離すもんか」

「冗談じゃねぇ。お前みたいな幽霊と関わるのはごめんだね」

本当は怒鳴りつけてやりたかったけど、周りの人からすれば、天はひとりでしゃべっているようにしか見えない。

誰もいない駐車場で怒鳴り散らせば、ヤバいヤツだと思われるだろう。

目つきの悪さと着崩した詰襟の学生服、それと顔についているひどい傷痕のせいで、ただでさえ怖がられ、距離を置かれてしまうというのに……さっきみたいに。

「離せよ」

「いや。あたしのお願いを聞いてもらうまで離さない」

「は？　誰がお前の願いなんか……」

「あなたすごくいい。顔見ただけでみんな逃げちゃうなんて、とっても強いのね」

「いや、べつにこれは……」

「あたしのお願いはね」

少女の幽霊が、天の言葉を無視して続ける。

「あたしのお姉ちゃんを守ってほしいの」

はっきりと聞こえたその声に、天は息を呑んだ。

「お願い……守ってあげて」

冷たい手に力がこもる。

こんなふうに幽霊になにかを頼まれたのは、何度目だろう。

町の中にはこの少女のような幽霊が、時々いるのだ。行くべきところに行けず、この世を彷徨《さまよ》っている幽霊が。

そしてその幽霊たちは、自分を認識してくれる天を見つけるとすがりついてくる。

「お願いって……それか？」

「うん」

少女の幽霊がこくんとうなずく。

三年ほど前から、幽霊が見えるようになってしまった天。それまで幽霊など信じていなかった。でもしいるとするならば、この世に未練を残したまま亡くなった人が、幽霊になるのかと思っていた。

だけど少し違ったのだ。

この世を彷徨っている幽霊には、共通点がある。それは幽霊たちがみんな、『大事ななにかを忘れてしまっている』ということ。それを思い出せないと、あの世に行くことができないのだ。

自分の好きだった人の名前が思い出せない。

自分が一番大切にしていた宝物を忘れてしまった。

自分の打ち込んでいた趣味はなんだったのか。

どうしてそんな大事なことを、この人たちが忘れてしまったのかは、天にもわからない。亡くなったときのショックで、記憶が飛んでしまったりするのだろうか。

ただ、そんな幽霊たちに頼まれるたび、天はなくしてしまった記憶の欠片《かけら》を捜し回り、本人に思い出させ、成仏させてあげてきたのだ。

だからこの少女の幽霊もてっきり、忘れたなにかを思い出させてほしいと言ってくるのかと思った。それなのに自分のことではなく、姉のことを頼んでくるなんて……

天はぶるぶるっと頭を振る。

「いやだね」

黒目がちな幽霊の瞳が、さらに大きく開く。

「なんで俺が、お前の姉ちゃんを守らなきゃいけないんだよ。俺はそんなくだらないことに、つきあってられない」

そう吐き捨てさっさと帰ろうとしたが、幽霊はつかんだ手を離してくれない。

「だったらあなたを呪ってもいい？」

「は？」

「あたし、あなたを呪い殺すから」

「そんなこと……」

できるわけない——と言いかけて口を結んだ。

いままで、こんな恐ろしい言葉を口走る幽霊に会ったことはなかったが、幽霊といえば普通は怖いものだ。怨みでも抱えているとしたらマジでヤバい。

天はごくんと唾《つば》を飲み込んだ。

「呪い殺されてもいいのね？」

「ちょっ、ちょっと待て」

幽霊の強い視線に戸惑い、とりあえず聞いてみる。とりあえずだ。

「お前の……姉ちゃんっていうのは？」

ほんの少し表情をゆるめた幽霊が、あいているほうの手でコンビニの中を指さす。

「あそこで働いてる人よ。桜木舞衣《まい》っていうの」

桜木って……あの使えない店員かよ！

けれどすぐに天は思った。

守るっていう意味はわからないが、家族が助けてやりたくなる気持ちはわかる。あの女は危なっかしくて見ていられない。まったくの他人の自分でさえ。

「それでお前、いつもここから姉ちゃんを見てたのか」

幽霊がうなずく。

天は知っていたのだ。毎日ここを通るたび、この少女がコンビニの中を、切ない目でじっと見つめていたことを。

「でもあたしは、なにもできないでしょ？　だからお姉ちゃんを、あたしの代わりに守ってほしいの」

たしかに幽霊は、幽霊を見ることができない相手とは、話すことも触れ合うこともできない。つまりこの世のほとんどの人間と関わることができず、見守ることくらいしかできないのだ。

「それよりお前は成仏……」

「あたしのことはいいから！」

天は目の前の幽霊を見た。中学生の女の子。この子はどうして幽霊になったのだろう。

幽霊になったということは、もう亡くなっているということ。そして大事ななにかを思い出せず、ここにいる。

自分が成仏することよりも、姉のことを心配しながら。

少女の幽霊がうつむき、黒い髪がはらりと頬にかかる。天の腕をつかんでいる力が、さっきより弱くなっている。

呪い殺すなんて、嘘だ。そんな力、この小さな女の子にあるわけはない。

だったら断ればいい。頼みごとばかりしてくる幽霊には、もううんざりだったはずだ。

それなのに――

「わかったよ」

なぜか天は、そう口走っていた。幽霊の顔が、再びぱあっと明るくなる。

「守るってよくわかんねぇけど……俺にできることなら……」

「ありがとう！」

少女の幽霊にぎゅうっと抱きつかれた。雪だるまを抱えているように、ひんやりと冷たい。

「つめてっ」

「えへっ」

思わず体をつき離した天の顔をのぞき込み、幽霊が言う。

「あたしの名前は桜木陽菜《ひな》。あなたは？」

くりくりとした大きな瞳に見つめられ、天は仕方なく答える。

「俺は富樫天」

「天？　じゃあ天ちゃんね！」

無邪気に笑う幽霊、陽菜。

ああ、いつもこうなんだ。幽霊の頼みなど聞くつもりはないのに、気づくと聞いてしまっている。

頼まれると断れないこの性格を、なんとかしたい。

満面の笑みを浮かべる陽菜の前で、天は空に向かって長いため息をついた。


「で、どこまで俺についてくんだよ？」

天の自宅は、駅前のコンビニから約五分。歩道に屋根のついている古い商店街の先だ。

車道はバスも通るがそんなに広くはなく、路上駐車の車も多くて、いつもごちゃごちゃしている。

時々すれ違う買い物客に不審がられないよう、天は隣を歩く幽霊、陽菜にささやく。

「どこまでって……天ちゃんちで今後の作戦会議しないと」

「は？　俺んちまでついてくるつもり？」

いままでも幽霊にしつこくされたことはあったけど、家までついてくるヤツはいなかった。

「てかさ、姉ちゃんを守るってなに？　いまも危ない状況なわけ？　だったらお前、そばについてなくていいのかよ」

「あたしがいたって、なんにもできないんだもん。お姉ちゃんにあたしは見えないし、声も聞こえない。手を伸ばしても気づかれないし……だから早く作戦立てなきゃ」

作戦ってなんだよ。だいたい、なにから姉ちゃんを守ればいいんだ？

もやもやした頭のまま、ふと顔を上げると、点滅している歩行者信号が見えた。天は横断歩道の手前で、スニーカーを履いた足を止める。

商店街のはずれの複雑な五差路。大通りではないし、それほど車の往来が激しいわけでもないけれど、地元民ではないドライバーにはわかりにくい交差点らしい。

赤く灯った歩行者信号機柱の根元に、白い花束がいくつか供えてある。その隣に立つ老人の姿に気づいていたが、天は見てみぬふりをした。

病院に入院中の患者さんが着るような服を着て、あのじいさんは二週間前からここに立っている。どうしてここにいるのかわからないけど、きっとなにか思い出せないものがあって、成仏できずに彷徨っているのだろう。

前に天は、学校近くの工事現場で、作業着姿の若い男性の幽霊に出会った。天と目が合った途端すがりついてきて、家に帰りたくても帰り道がわからないと言う。きっとこの人にとって、家への帰り道は大事なものだったのだろう。それを思い出すまで、この人は成仏できない。

天は仕方なく、亡くなった作業員の身元を調べて、幽霊を家まで送っていった。するとそこには、泣きじゃくっている妻と幼い子どもたちがいた。

作業員は触れられない手でその家族を抱きしめたあと、天にお礼を言った。家に帰ってこられてよかったと。これで家族と一緒にいられると。そして彼はこの世から消えていったのだ。

けれどそのできごとは、天にとって後味のよくないものだった。

結果的に良いことをしたのだろうけど、あんなふうに泣いている家族の姿なんて見たくなかったし、それを見ている幽霊の切ない表情も見たくはなかった。

だから決めたのだ。もう幽霊に関わるのはやめようと。

「天ちゃん？　青だよ？」

隣に立つ陽菜が、天の顔をのぞき込んできた。天ははっと顔を上げ、横断歩道を渡り始める。

信号機のそばを通りすぎるとき、天はぎゅっと目を閉じた。

「ねぇ、天ちゃん」

隣から陽菜の声が聞こえる。

「どうして無視するの？　あのおじいさんのこと。あたしのことも、知っててずっと無視してたんでしょ？」

天は目を開き、ちっと舌打ちをする。

「うるせぇな」

「幽霊嫌いなの？」

「は？　幽霊が好きな人間なんて、いねぇだろ」

陽菜の顔を見てそう言った。陽菜が表情を曇らせる。

「そうだよね。さっきも言ってたもんね。幽霊には関わりたくないって」

かすかに口元をゆるめたあと、陽菜がうつむいてしまった。天はなんだかとても、悪いことをしてしまった気持ちになる。

「まぁでも、あんたも他のヤツらも、好きで幽霊になったわけじゃないだろうしな」

その言葉に陽菜が、弾《はじ》かれたように顔を上げた。

「そうだよ、そうなの！　あたしだって幽霊なんかになりたくなかった！」

そしてまたぐっと、冷たい手で天の腕をつかんでくる。

「でもあたし死んじゃって、気づいたらこのあたりをふわふわ彷徨ってたの。それで仕方なく自分の家に向かったら、お姉ちゃんに会えたんだけど……お姉ちゃんはあたしのことが忘れられないみたいで、毎日泣いてて……なのにあたしはお姉ちゃんになにもしてあげられない。悲しかった、ずっと……だけどそんなとき、あたしの前に現れた天使が天ちゃんだったの！」

キラキラした瞳で見つめられ、気まずくなって目をそらす。そしてそっと、陽菜の手を自分の腕から引き離した。

「俺が天使なわけねぇだろ」

交差点に立つじいさんの幽霊。声をかけて助けてあげれば、天国に旅立ってくれるかもしれない。

でも関わりたくない。幽霊のせいで嫌な思いはしたくない。自分が傷つくことはしたくない。だから放っておく。じいさんがどうなろうと関係ない。

そしてこのセーラー服の幽霊も、適当に相手をして満足してもらったら、さっさと別れようと思っている。この子が成仏しようがしまいが、どうでもいい。

商店街から離れていくにつれ、店の数が少なくなる。前から走ってきた、ランドセルを背負った子どもたちが、笑い声を上げながらすれ違う。

「ねぇ、天ちゃんのおうち、どこ？」

無邪気な声に天はまっすぐ指をさす。

「あそこ」

その先にある小さな店、『居酒屋とがし』。一階が店舗で二階が住宅になっているこの家に、天は生まれたときからずっと暮らしていた。

「ただいま」

「あっ、おかえり、天！」

正面から店に入ると、テーブルを拭いていた母親が、明るい声で言った。カウンターの奥では、父親が仕込みをしている。

カウンター席が六席と、四人掛けのテーブル席がふたつ。夫婦ふたりで経営している小さな居酒屋は、地元の常連さんたちのおかげで、まぁまぁ繁盛している。

いつも元気で、お客さんとの会話を生きがいとしている母。一方料理人の父は、無口な職人気質《かたぎ》。天は小さいころから、忙《せわ》しなく働く両親の姿を間近で見てきた。

「父ちゃん。帰ったぞ」

「おう」

こっちを見ずに、父が声だけ返す。天はカウンターの上に置いてあるグラスを手に取ると、暖簾《のれん》のかかった店の奥から家に入る。

裏口もあるのだけれど、天は学校から帰ったら、必ず店を通るようにしていた。

「へぇ、天ちゃんちってお店やってるんだ」

「まぁ、酔っぱらい相手の飲み屋だけどな」

「いいじゃん！　お父さん、美味しいお料理作ってくれそう！」

「ちゃっかり一緒に入ってきた陽菜が言う。もちろん両親にその姿は見えない。

天はなにも答えず、コンビニで買った牛乳を持ったまま、薄暗くて狭苦しい階段をのぼった。

二階には和室がふたつ。片方が両親の寝室、もう片方が天の部屋だ。

襖《ふすま》を開けて中に入り、閉めきっていた窓を開く。冷たい風がびゅうっと吹き込み、思わず顔をしかめる。目の前は駅へと続く道路だが、それほど車は走っていない。

天は部屋の隅にカバンを放り投げると、グラスに牛乳を注いで一気に飲んだ。

「ほえー、いい飲みっぷり！　天ちゃん、牛乳好きなんだ！」

「うるせぇな」

飲み終わったグラスに牛乳を注《つ》ぎ足しながら、陽菜をにらむ。

「で？　俺のことはいいから姉ちゃんのこと教えろよ。俺はなにから姉ちゃんを守ればいいんだ？」

さっさと言うことを聞いて、この馴れ馴れしい幽霊と縁を切りたい。

小学生のころから使っている勉強机にグラスを置き、天は椅子に腰かける。勉強机とい

って も高校生になってからは、ほとんど勉強に使っていないのだが。

　すると陽菜はふわっと体を浮かばせ、机の上にちょこんと座った。そして天の顔をじっと見る。しかしいつまでたってもなにも言わずに見つめているので、天は照れくさくなって口を開いた。

「言っとくけど俺、喧嘩《けんか》は強くないからな。べつにヤンキーでもなんでもねぇし」

「わかってる。あたしが間違ってた。最初は天ちゃんのこと、顔見ただけでみんなが逃げ出す、最強ヤンキーかと思ったんだよね。だから天ちゃんに、一発かましてもらうつもりだったんだけど……」

　天はじろっと陽菜を見る。陽菜はえへへっとごまかすように笑う。

「天ちゃんはヤンキーなんかじゃなかった。お父さんとお母さんにちゃんと『ただいま』って挨拶するヤンキーはいないよね」

　ますます照れくさくなって、天はグラスの牛乳を一気に飲む。

「ついでに牛乳好きなヤンキーも聞いたことない」

　陽菜の明るい声が部屋に響く。

「だから作戦変更！　喧嘩なんかしなくていいよ」

「じゃあなにしろって言うんだよ」

　陽菜はもう一度、天の顔をじっと見つめると、すうっと息を吸い込み言葉を吐いた。

「天ちゃん。お姉ちゃんとつきあってあげて」

ぽかんと口を開けたあと、喉の奥から声を押し出す。

「はぁ？」

「だから！　お姉ちゃんとつきあってよ。天ちゃん！」

空になったグラスにもう一度牛乳を注いだ。そしてそれをぐいっと飲み干す。

「意味、わかんねーんだけど」

口元を拭いながらそう言った。机に座っている陽菜が、じりっと顔を近づけてくる。

「天ちゃんの顔、まぁまぁだと思うの。あんまりイケメンだとお姉ちゃんのタイプじゃないから、たぶんちょうどいいよ。天ちゃん、何歳？」

「十七」

「お姉ちゃん二十一だから、四つ下か。まぁ、許容範囲だと思うよ。ああ見えてお姉ちゃん真面目だから、ちゃんと挨拶とかできる子が好きだと思うし。あのチャラ男よりは、百万倍いいと思うんだ」

あのチャラ男……天の頭にコンビニのバイト男の顔が浮かぶ。

「チャラ男って、姉ちゃんがバイトしているコンビニにいるヤツ？」

「そうそう。天ちゃんにはね、お姉ちゃんを守ってもらいたいの。あの男から」

「は？」

思わず首をひねった。あのチャラ男から、あのドジ女を守る？

「お姉ちゃんってね、ちょっとぼんやりしてるところあるでしょ？　あ、根はとってもいい子なんだよ、ホントに。でも男に慣れてないからさ。あのチャラ男に騙《だま》されてひどい目に遭わされるんじゃないかって、心配で心配で……」

「それで俺に、姉ちゃんとつきあえと？」

顔を上げた陽菜が、にっこり微笑《ほほえ》んでこくんっとうなずく。

「お姉ちゃんに彼氏ができれば、チャラ男だってあきらめるでしょ？　完璧な作戦だと思わない？」

「はー？　やだやだ。俺にもタイプってもんがある！」

「天ちゃんのタイプなんてどうだっていいの！　お姉ちゃんがあのチャラ男の餌食《えじき》になってもいいっていうの？」

「そんなの知らん！　どうでもいい！」

「あの男はお姉ちゃんのこと狙ってるんだよ。この前だってバイト終わったあと、家までついてきたし。つきあってる彼女が、いるくせに！」

その言葉に、天の心がわずかに揺れた。

「彼女が、いる？」

「うん。いるんだよ、あいつ。それなのにお姉ちゃんともつきあおうとしてるの。二股だよ、二股！　サイテーでしょ！」

「たしかにサイテーだな」

天はうなずきながら、腕を組んだ。

「そんなサイテー男に、お姉ちゃんが食われちゃってもいいの？」

食われちゃうって……どういう意味で言っているのか。

そのとき、腕がひやっと冷えた。見ると陽菜が天の腕をぎゅっとつかんでいる。

「お願い、天ちゃん。お姉ちゃんを守ってあげて」

「守るって……」

「お姉ちゃんは、あたしの大切なお姉ちゃんなの。もうこれ以上、悲しい顔はさせたくないの。お姉ちゃんの笑顔を守ってほしいの」

すがるように、でもまっすぐな視線でそう言われ、天は戸惑った。

目の前にいるのは幽霊なのに。幽霊のために、そこまでする必要なんてないのに。

頭の隅に「もうこれ以上」という言葉が引っかかる。この妹は、姉が悲しむ姿を何度も見てきたのだろう。幽霊となってしまってから。

天はそっと、陽菜の手に触れた。ひんやりと冷たいその手を、自分の腕から引き離す。

「とりあえず、偵察に行くか」

「偵察？」

「とにかくその男を近づかせなきゃいいんだろ?」

「天ちゃん……」

陽菜がキラキラした目で、天を見下ろしている。

「姉ちゃんのバイトが終わるの何時?」

「えっと、今日は五時」

ポケットに入っていたスマホを取り出し、時間を確認する。

「もうすぐじゃねぇか。行こうぜ」

椅子から立ち上がってそう言うと、陽菜も立ち上がり天に抱きついてきた。

「ありがとう! 天ちゃん、ありがとう!」

雪だるまを抱えているような感触……天は困って顔を天井に向ける。

「天ちゃんみたいな人に出会えてよかったよ!」

天ちゃんみたいな人——つまり、幽霊が見える人。

そうだろうな。そういうヤツに出会わなかったら、幽霊は生きている人間になにもできない。

「あのさ」

「うん?」

抱きついたまま、陽菜が顔を上げる。

「姉ちゃんがずっと笑顔でいられるようになれば……お前は満足なのか？」

少しの沈黙のあと、陽菜がうなずいた。

「うん」

そして小さな声でつぶやく。

「お姉ちゃんが笑ってくれれば……あたしはどうなってもいいんだ」

どうなってもいい……成仏できない幽霊は、どうなってしまうのだろう。

天は陽菜の腕をつかむと、ぐっと冷たい体を引き離した。

「よし。とにかく行ってみるか。コンビニへ」

「うんっ！」

陽菜が元気よく返事をして、くしゃっと笑った。

「やっぱり天ちゃんは、あたしの天使だね！」

うんざりして陽菜から顔をそむけると、天は部屋の襖を開け、狭い階段を駆け下りた。


夕暮れのコンビニ前の駐車場で、陽菜の姉、舞衣が出てくるのを待った。天の隣には陽菜がいるが、コンビニを出入りする人からは、もちろんその姿は見えない。

つまりいまここに突っ立っているのは、天ひとりということになる。

「ううっ、さみぃ」

北風が吹き、天は制服を着た腕をさする。けれど陽菜は、スカートの裾を揺らしながら、平然としている。やはり幽霊は寒さなんて感じないのだろう。羨ましいような、羨ましくないような……

そのとき、コンビニの自動ドアが開き、小さな女の子がひとりで出てきた。そのまま駐車場を走り出したかと思えば、天たちの前でこてんっと転んだ。

「あっ」

陽菜がすぐに駆け寄る。

「大丈夫？」

しかし、女の子を抱き起こそうとする陽菜の手は、小さな体をすうっと通り抜けるだけだ。

泣き出しそうな女の子と、そのそばで途方に暮れている陽菜。

幽霊は幽霊が見えない人間に、触れることはできない。

「……しょうがねぇな」

天はそうつぶやくと、ふたりのそばにしゃがみ込み、女の子を立ち上がらせた。女の子は潤んだ目で天のことを見つめている。

「駐車場で走るなよ。あぶねぇだろ？」

「……ごめんなさい」

その声と同時に、店から出てきた母親らしき人が、女の子の名前を呼びながら駆け寄ってきた。

「どうしたの！」

なにも知らない母親は、天の顔を見ると、そばに立っていた女の子を引き寄せた。

「うちの子になにしてるんですか！」

「えっ、なにしてるって……あたしたちその子を助けてあげた……」

しかし陽菜の声は、母親には聞こえない。

「行くわよ」

母親は女の子の手を無理やり引いて、商店街のほうへ行ってしまった。

「なんなの？　あのお母さん！　ひどくない？」

天はゆっくりと立ち上がり、そんなふたりの背中を見送る。

「べつに。よくあることだよ」

口を尖《とが》らせている陽菜の隣で、天はそっと自分の顔に触れ、傷痕をなぞる。

「それよりさ。姉ちゃんち……っていうか、お前んちどこなんだ？」

話をそらすように、小声で聞いた。まだふくれっ面の陽菜が、天を見上げて答える。

「踏切を渡った、駅の反対側だよ。ここから十分くらい」

「ふうん。お前の姉ちゃんって、一か月前からここで働いてるよな？」

　すると陽菜に笑顔が戻って、天の顔をのぞき込んできた。

「あれぇ、天ちゃん。よく知ってるね？」

　天はじろっと陽菜をにらむ。

「ああ、知ってるさ。俺は毎日この店で牛乳買ってるからな。姉ちゃんが働き始める前……いや、ここがコンビニになる前の、ボロい商店のころからな」

　このコンビニは約一年前にできた。その前はおばあさんが経営していた、「ふちのや」という、食品から雑貨までなんでも売っている商店だった。ひとり暮らしだったおばあさんが体調を崩したため閉店し、コンビニに生まれ変わったのだ。

「へぇ……天ちゃんって、ほんとに牛乳好きなんだね？」

　その質問には答えず、天はじっとコンビニを見つめた。

　もうレジにあのふたりの姿はない。スマホで時間を確認すると、五時を過ぎている。そろそろふたりが出てくる時間だ。

「あっ、来た！」

　陽菜の声に、スマホから顔を上げる。建物の脇にある裏口から、コートを着てマフラーを巻いた舞衣と、ニット帽をかぶったチャラ男が一緒に出てきた。

「ほらぁ、あいつお姉ちゃんにつきまとってるでしょ！」

　チャラ男が話しかけて、舞衣が微笑む。なんだか仲良さそうに。

「そうかぁ？　ほんとに仲がいいんじゃね？　だったらべつに姉ちゃんの好きにさせとけば……」

　すると今度は陽菜が、鋭い目で天をにらんだ。

「あいつには彼女がいるんだよ！　お姉ちゃんはそれを知らないの！　知らないから騙されてるの！」

「証拠は？」

　天の声に、陽菜が「へ？」と首をかしげた。

「証拠はあるのか？　あいつに彼女がいるっていう」

　ぎゅっと唇を結んだあと、陽菜が叫んだ。

「しょ、証拠はあたしよ！　あたしこの目で見たんだもん！　お姉ちゃんがお休みの日、あいつのあとをついていったら、別の女と会ってたの！」

「んー、この目で見たって言っても、お前幽霊だしなぁ。あの男には通じねぇだろ。てか、それほんとに彼女か？　友だちとかじゃねーの？」

　陽菜はぶうっと膨れたあと、こぶしで天の体を殴り出した。

「バカバカ！　あたしのこと信じられないって言うのー！　呪ってやるー！」

「痛くも怖くもないんですけど」

　まったく。なんでこんな幽霊の相手をしてしまったのか。

「とりあえず、追跡してみるか」

天が振り向くと、舞衣とチャラ男は遠くへ歩いていってしまっている。

「ヤバい！　お姉ちゃんたち、追いかけなきゃ！」

陽菜が天の手をつかんで引っ張った。陽菜の手はやっぱりすごく冷たい。

陽菜に引かれ、舞衣とチャラ男を追いかける。ふたりは駅のそばの踏切で立ち止まっていた。警報機の音が鳴り響き、赤い色が点滅する。

コンビニがあるのは北口で、線路を渡った反対側が舞衣の住む南口。北口から南口へは、この踏切を渡らなければならない。

電車が音を立てて通り過ぎ、遮断機が上がった。天は陽菜に引っ張られながら、ふたりを追う。陽菜の黒い髪とセーラー服の襟が、ひらひらと風に揺れていた。まるで中学生の女の子が、本当にここにいるみたいに。

北口は小さな商店がごちゃごちゃと密接しているが、南口は道路も広く、大きなマンションや新しいスーパーが堂々と建ち並んでいる。

舞衣たちが、広い交差点を渡っていく。そのあとを追いかける陽菜の足が、横断歩道の手前で一瞬止まる。

「どうした？」

陽菜はきゅっと唇を引き結ぶと、「なんでもない」と言い、交差点に足を踏み入れた。

天たちの前からは、中学生の女子グループが歩いてくる。制服は陽菜と同じセーラー服だ。部活帰りなのか、ラケットケースを肩にかけ、楽しそうにおしゃべりしている。

もちろん陽菜の姿は誰にも見えない。はしゃぎ声を上げる彼女たちが、横断歩道の真ん中で陽菜とすれ違う。

天は陽菜の背中を見つめた。「なんでもない」と言っているけど、「なんでもない」わけがない。幽霊でなければ陽菜だって、あの子たちみたいに学校に行き、部活に入り、楽しく笑っていたはずなのだから。

交差点を渡るとすぐに、大きな公園が見えてきた。このあたりの住民の憩いの場となっている、大きい池のある公園だ。ボール遊びのできる広場や、滑り台やブランコなどの遊具もあって、小学生のころ、天もよく友だちと遊びに来た。

舞衣たちはその公園に入っていく。

「この公園を通り抜けるのが、家に帰る近道なの」

陽菜が懐かしむように目を細めた。天はまた複雑な気持ちになる。

セーラー服を着たこの少女は、もうこの世にいない人間なのだ。

いったい陽菜になにがあったんだろう。

そんなことを考えているうちに、ふたりは公園を抜け、住宅地に入った。

「あそこがうちだよ」

陽菜が指をさす。舞衣たちが一軒の家の前に立ち、なにか話している。天は陽菜と一緒に、電柱の陰からのぞき見る。

いや、もしかしてこの姿、他人から見られたらヤバいんじゃないか、とも思ったが、陽菜の真剣な表情を見たら言い出せない。

陽菜が幽霊になる前に住んでいたその家は、小さな庭のある普通の一軒家だった。だけど周りの家とどこか違う。なんとなく人が住んでいる気配がないのだ。

「お前んち、誰もいないのか？」

天の言葉に、陽菜が前を見たまま首を横に振る。

「たぶんお母さんがいるよ。お父さんもいるかもしれない」

「え、そうか？　留守じゃなくて？」

しかし陽菜は答えない。仕方なく天はもう一度、舞衣の家を見る。

開いた門の向こうには、狭い庭が見えた。そこは雑草が生い茂っていて、手入れはされていないようだ。犬小屋が壊れたまま放置されている。よく見ると窓ガラスが割れている箇所もあり、天は顔をしかめた。

「前はね、ちゃんとしてたんだよ」

複雑な天の心を察したのか、陽菜が言い訳するようにつぶやく。

「お母さんはガーデニングが好きだったから、庭にはお花がたくさん咲いてたし。お父さんはＤＩＹが得意だったから、あの犬小屋はお父さんが作ってくれたの」

「だったらどうして……」

天が陽菜の顔を見下ろしたとき、突然低い声がかかった。

「おい」

はっと顔を上げると、天の前にあのチャラ男が立っていた。その向こうにはもう、舞衣の姿はない。舞衣は家に入ったのだろう。

「シカトすんなよ、お前だよ、お前」

男が天を見ている。めちゃくちゃ機嫌悪そうに。いや、コンビニでも気づいていた。この男にはたぶん、嫌われているんだろうな、と。

天はいつもそうしているように、さりげなく視線をそらす。

「お前、もしかして桜木さんのストーカーか？」

「は？」

今度は天が顔をしかめる。

「毎日桜木さんのレジで牛乳買っていくよな？」

「俺はべつに、あの人がいるから買ってるんじゃない。ずっと前からあそこのコンビニで牛乳買ってた。あんただって知ってるはずだ」

「じゃあこんなところでなにしてんだよ？　コンビニから桜木さんのあとをついてきたんだろ？」

ぐっと息を呑む。たしかにそのとおりだ。言い返せない。そんな天の前で、男がくっと声を漏らす。

「ああ、そっか。その制服……」

それだけで、男がなにを言おうとしているのかわかった。男は笑いをこらえるようにして言う。

「ごめん、俺が悪かった。あの高校行ってるヤツには、ちゃんと説明してやらないとわかんないよな」

天は制服のズボンをぎゅっと握る。このあたりで学生服をこんなふうに着崩しているのは、偏差値が低くてバカにされている、天の通う高校の生徒しかいない。

「ちょっと、あんた！　天ちゃんのことバカにしてんの！」

天の隣で陽菜が叫んだが、もちろん男に聞こえるはずはない。

「教えてやるよ。ストーカー行為は犯罪なんだ。だから二度と、桜木さんのあとをつけたりするなよ？」

天は唇を噛む。陽菜が男の体を、ぽかぽか殴っているのが見える。

「まぁ、桜木さんは、お前みたいなヤツには興味ないだろうけどな」

「お前みたいなヤツってなんなのよー！　あんた何様のつもり？　ムカつくー！」

届くはずのない陽菜の声が、天の耳に聞こえる。男は「じゃあな」と言うと、足早にその場から去っていった。


「ちょっと、天ちゃん！　なんでひと言も言い返さないのよ！　あんなやつぶん殴ってやればいいでしょー！」

陽菜のキンキンした声を聞きながら、天はため息をついた。

「うるせぇな。俺、喧嘩はできねぇって言っただろ？」

「こういうときはしなさいよ！　腹立たないの！」

「べつに。全部本当のことだし」

天はポケットに手を突っ込むと、いま来た道を引き返す。

「ちょっと、天ちゃん！」

そのあとを、陽菜が追いかけてくる。

あたりは薄暗くなっていた。街に灯《あか》りが灯り始める。

「お前は知らないかもしれないけど、俺の行ってる高校、ひどい学校だからさ」

歩きながら、天はつぶやいた。少し後ろを陽菜がついてくる。

「歩いてるだけで怖がられるか、バカにされるかのどっちかなんだよ」

天は振り返って、陽菜に自分の顔を見せる。

「それに俺は、顔にこんな傷ついてんし」

天の顔には額から眉を乗り越え頬にかけて、痛々しい傷痕が残っていた。

この傷のせいで、さらに怖がられてしまうのは日常茶飯事。それが面倒だから、なるべく人とは目を合わせないようにしている。

「だからさ、あいつの言うとおりなんだよ」

「言うとおりって、なにが？」

陽菜が不服そうにつぶやく。

「お前の姉ちゃんが、俺なんか相手にするわけないってこと」

天が立ち止まって言った。陽菜も足を止め、天の顔をじっと見上げる。

「だから無理だな。俺が姉ちゃんとつきあって、あの男を追い払う作戦は」

「どうして無理って決めつけんのよ！」

陽菜が天の前に回り込み、叫んだ。

「お姉ちゃんを守ってくれるんじゃなかったの？　あたしには天ちゃんしかいないんだよ！」

「そんなことねぇだろ。探せば他にも幽霊が見えるヤツいるって」

天は自分を見上げている陽菜に言った。

「他のヤツに頼んだほうがいいと思う。俺なんかに期待すんな」

陽菜がぎゅっと唇を噛んだ。そして天に向かってまた叫ぶ。

「見損なったよ！　天ちゃんのこと！」

陽菜が天を残して、舞衣のいる家に向かって駆けていく。

誰もいなくなった道路で、天は立ちつくす。冷たい風が吹きつけ、ぶるっと体が震える。

「なにやってんだ……俺」

勝手に頼みごとをされて、勝手に見損なわれて……

「あいつ……幽霊のくせに」

だから幽霊の願いなんか聞きたくなかったんだ。こんな嫌な思いまでして、なんの得にもならない。

やっぱりやめよう。これ以上、傷つきたくない。

背中を丸めて歩きかけ、陽菜の去っていった方向を振り返る。

ぽつぽつと、あたたかな色の灯りが灯り始めた周りの家。けれど舞衣の住む家だけは、いつまでたっても薄暗いままだった。

＊

「ああ、富樫。ちょうどいいところにいた」

放課後のざわざわと騒がしい校舎。昇降口から外へ出ようとした天に、ひとりの男性教師が声をかける。

この学校で一番高齢だと言われている、日本史の蟹沢《かにさわ》だ。生徒たちからは蟹じいと呼ばれ、年寄り扱いされつつも、意外と慕われている。

天は咄嗟《とっさ》にこの前のテストの結果を思い出したが、そんなに悪い点ではなかったはずだ。だったら自分が呼ばれた理由はたぶん――

「ちょっとこの教材を、社会科教室に運びたいんだがね。手伝ってくれないかい？」

やっぱり、そうきたか。蟹じいは天を見つけると、なんだかんだと仕事を押し付けてくる。他にも見るからに暇そうな生徒はたくさんいるのに。

けれど天は言ってしまうのだ。

「いいっすよ」

昨日からなんだか胸の奥がもやもやしていて、さっさと家に帰ろうと思っていたのに。いま校舎を出ないと、一本電車に乗り遅れてしまうのに。

どうして自分は頼まれると断れない性格なのか。自分で自分が嫌になる。

昇降口に積まれている段ボール箱をひとつ持ち上げると、意外と軽かった。社会科教室は四階だから覚悟していたが、このくらいならさっさと運べそうだ。

見ると蟹じいも腰を曲げ、段ボール箱を抱えようとしていたから、「それも持つよ」とふたつの箱を持ち上げた。

「大丈夫かい？」

「平気平気」

「助かるよ。いつもすまんね」

蟹じいが、しわくちゃの顔で笑う。ああ、そうか。いま気がついた。

蟹じいの笑った顔は、天が小学生のころに亡くなった、祖父の顔に似ているんだ。

怒鳴り合うような声と、化粧品の匂いが漂う階段をのぼり、四階の教室にたどり着いた。

蟹じいは天のあとをひょこひょことついてくる。

「ここに置けばいい？」

「ああ。ありがとうな」

天は段ボール箱を机の上に置いて、ふうっと息を吐いた。

「じゃ、俺はこれで」

「ああ、富樫。ちょっと待ちなさい」

蟹じいは教室の奥にある準備室へ入っていった。そこは蟹じい専用の本や資料が山積みになっている、蟹じいがいつも籠《こも》っている部屋だ。

「これ、お礼」

蟹じいが持ってきたのはミニパックの牛乳だった。奥の部屋に蟹じい専用の小型冷蔵庫があるので、そこから持ってきたのだろう。

「牛乳……」

「ん？　牛乳嫌いかね？」

「いや……」

「成長期の子どもには牛乳が一番」

子どもって……もう十七なんですけど。でも定年間近な蟹じいからすれば、天などまだ子どもなのかもしれない。

「どうも」

牛乳を受け取った天に、蟹じいが言う。

「まぁ、そこに座って、飲んでいったらどうだね？」

蟹じいはそばにあった椅子に腰かけ、自分もパックの牛乳にストローをさす。

さっさと帰りたいのに、と思いつつ、仕方なく天も椅子に座った。

階段の下で騒いでいた連中の笑い声が遠ざかると、あたりは静まり返った。この教室がある四階に普通教室はなく、部活動で使う教室もないので、放課後はひと気がない。

天はなにげなく窓の外を見る。ここからは広いグラウンドが見渡せた。ちょうどサッカー部と野球部が練習を始めようとしている。

「富樫。最近なにか変わったことはあるかい？」

突然蟹じいが聞いてきた。なんでそんなことを聞くのか。目をつけられるようなことはしていないはずなのに。

「べつに、なにも」

天はそう言ってストローを吸った。思ったよりもよく冷えている液体が、喉から胃の中に流れ込む。

「そうか。ならいいんだがね」

蟹じいもゆったりとした動作でストローを吸う。

「うちの学校は個性の強いヤツが多いだろう？　留年しそうだの、校舎の窓ガラスを割っただの、他校の生徒と喧嘩しただの、そんなのに先生たちもかかりっきりでな。お前さんみたいな、なに考えてるのかわからない生徒は、後回しにされがちだからね」

なに考えてるのかわからないって……まぁ、そうだろうけど。

たしかにこの学校の生徒は、素行の悪い、いわゆるヤンキーと呼ばれるヤツらばかりだ。天も周りに合わせ、制服を着崩したりしているが、それは変に目立たないようにするためである。

実は入学したばかりのころ、顔についている傷痕と目つきの悪さのせいで、ヤバい先輩に絡まれたことがあった。抵抗しないでいたら、二、三発殴られただけで解放されたけど、もうあんな痛い思いはしたくない。それ以来、できるだけ目立たずいようと決めたのだ。ヤバいヤツらとはつるまず、かといって反抗もせず、この学校の空気に同化していればいい。あと約一年。こうやって毎日淡々と、通い続ければいいだけだ。

「なにか悩みとかあったら、言いなさいよ」

蟹じいはそう言ってくれたが、まさか幽霊に頼まれごとをされ困っているとは言えない。

「あったら言うよ」

そう答え、天は立ち上がった。

「牛乳、ごちそうさま」

「ああ、気をつけて帰りなさいよ」

蟹じいの声を背中で聞きながら、天は教室を出た。

いつものように電車に揺られ、いつもの駅で降りる。改札を出て、駅前の交差点を渡れば、見慣れたコンビニが見えてくる。

結局二本も電車を乗りそこねてしまい、今日はいつもより遅くなってしまった。

「さみぃ……」

北風の吹く中、背中を丸めてコンビニへと急ぐ。そのとき、天の目に、セーラー服を着た少女の姿が見えた。駐車場で腕を組み、仁王立ちしてこちらをにらみつけている。

「天ちゃん！」

天は思わず足を止めた。

昨日「見損なった」と言って去っていった陽菜。まさかまたここで会うとは思わなかった。もう本当に、見損なわれたと思っていたから。

天は戸惑う気持ちを隠し、いつもと同じ口調で言う。

「なんだよ、お前。まだいたのかよ」

「どうして今日、遅かったの？」

「関係ないだろ、お前には」

陽菜の顔がむっと膨れる。

「天ちゃん！　あたしが証拠を見せたら、お姉ちゃんをあのチャラ男から、ちゃんと守ってくれる？」

天は立ち止まって陽菜を見た。その真剣でまっすぐな視線が痛い。

「まぁ……そうだな」

最初に「俺にできることなら」と言ってしまった。それが今日一日ずっと胸に引っかかって、もやもやしていたのだ。

すると陽菜が、ポケットからなにかを取り出した。スマホだ。天は目を丸くする。

幽霊なのにスマホ持ってたんだ、こいつ。

そういえば亡くなる瞬間に身につけていたものは、幽霊になっても持っていられるらしい。あの作業員は煙草《たばこ》を持っていた。ポケットに入っていたそうだ。

「これを見て！」

慣れた手つきで操作して、陽菜は天の前にスマホの画面を突きつける。

「これが証拠写真！　あたし今日の午前中、あいつのあとをつけて、ちゃんと確認したんだから！」

たしかにそこにはあの男が写っていた。見知らぬ女の肩を抱き、ホテルに入ろうとしている決定的瞬間だ。

「マジか……」

この事実が信じられないのではない。あの男ならやりかねないから。

それより幽霊の分際で、こんなスクープ写真を撮ってきたことがすごすぎるし、そこまでの執念がちょっと怖い。

「天ちゃん、スマホ出して。あたしと『友だち登録』して」

「は？」

「あとでこの写真送るから」

わけのわからないまま、メッセージアプリを開かされ、『友だち登録』させられる。幽霊と『友だち』って……ありえないだろ。

しぶしぶ操作を終えると、陽菜が天のそばで叫んだ。

「あっ、出てきた！」

その声に、天はコンビニの裏口を見る。今日は帰りが遅かったから、もう五時を過ぎていたのだ。出てきたのは舞衣と、あのチャラ男だった。

「ついていこう！」

陽菜が強引に手を引っ張る。これではまたチャラ男に、「お前はストーカーか！」と言われかねないが……陽菜の必死さに負けた天は、今日も舞衣たちを追跡することになってしまったのだ。


昨日と同じように踏切を越え、横断歩道を渡る。今日もふたりは公園の中へ入っていく。

「天ちゃん！　あれ、見て！」

急に陽菜が立ち止まり、前を見ていなかった天は陽菜の背中にぶつかった。

「いてっ……」

「ほら、あそこ！　ベンチに座った！」

陽菜の伸ばした指の先を見る。たしかにふたりは池のそばのベンチに並んで座っている。まるで恋人同士がデートをしているようだ。

「もうすでに……つきあっちゃってるんじゃないのか？　あのふたり」

「ちがうよ！　ほら、お姉ちゃん困ってるでしょ？　断ったら悪いと思って、断れないんだよ。お姉ちゃんはそういう人だから」

天は目を凝らしてふたりを見る。チャラ男に至近距離で話しかけられ、微笑みながらも、舞衣がさりげなく距離をとったのがわかった。

「嫌ならはっきり断ればいいのに……」

「優しいんだよ、お姉ちゃんは。でもここは絶対断らなきゃだめ！　このままじゃ、あの男の餌食にされる！」

天から手を離した陽菜が、ぐっとこぶしを握った。ひんやりした感触が、天の腕から消えていく。

ベンチに座るチャラ男が腰を動かし、舞衣に体を近づけた。そしてその手を伸ばし、舞衣の髪に触れる。

「あー、もう、ヒヤヒヤする！　天ちゃん！　なんとかして！」

「なんとかって……」

なんだか舞衣を見ていると、自分を見ているような気分になる。

頼まれると断れず、気がつくと言いなりになっていて、自分の心をすり減らしてしまうのだ。

『そいつには彼女がいるんだ！』『そんな男やめろ！』って言えばいいんだよ。簡単でしょ？」

「無茶言うな。いきなりそんなこと言え……」

どんっと陽菜に背中を押された。ものすごい力で。その衝撃で体が浮かんで、吹っ飛ばされた。

あれ、あいつ、中学生の女の子じゃなかったっけ？　もしかして幽霊になると、バカ力になるわけ？

「え？　あなたは……」

聞き覚えのある、柔らかい声に顔を上げる。気づくといつの間にか、ベンチの前の地面に膝と手をついていた。

「いつも牛乳を買いにくる人」

ベンチに座った舞衣が、目を丸くして天を見下ろしている。その隣には天をにらみつけている、あのチャラ男。

慌てて立ち上がる天に、男が言った。

「またお前か……」

　男が立ち上がる。

「昨日説明してやっただろ？　まだわかんないのか？　ちょろちょろと目障りなんだよ！」

「うるせぇな。俺だって、好きでやってんじゃねぇんだよ」

「は？　なんだと？」

　チャラ男が天の襟元をつかみ上げる。

「やめて！」

　立ち上がった舞衣がふたりの間に駆け寄った。男は「ちっ」と舌打ちをして手を離す。

「桜木さん、こいつはストーカーだ。昨日も桜木さんのあと、ついてきたんだ」

「ストーカー？」

　舞衣がわずかに震えながら、天の顔を見る。天はさりげなく、顔をそむける。

　そういえば今日は、牛乳買いに行けなかったな、なんてこんなときに思い出す。

　すると男が舞衣の肩を抱いて言った。

「でも大丈夫だ、桜木さん。俺が君を守るから」

　どこからか、陽菜の必死な声が聞こえてくる。

『天ちゃん。お姉ちゃんを守ってあげて』

　天はうつむいたまま、ぎゅっと手を握りしめる。

男に肩を抱かれた舞衣が、困ったように体をよじらせた。けれど男はもっと強く、舞衣の肩を引き寄せる。

「ふん、こんなヤツほっといて行こう。気分が悪い」

男が舞衣の体を強引に引っ張り、その場から立ち去ろうとした——そのとき。

天のスマホが音を立てた。

「え？」

突然入ってきた一通のメッセージ。開くと一枚の画像がスマホの画面に現れた。

「行こう。桜木さん」

「え、ええ」

天は思い切って顔を上げると、立ち去ろうとするふたりに声をかけた。

「ちょっと待て！」

機嫌悪そうに振り返る男と、困った顔の舞衣。天はふたりの前に足を踏み出し、スマホの画面を見せつけた。

「あんたには彼女が、いるんだろ？」

男がはっと青ざめた表情をする。

「彼女がいるくせに、その人に触るなよ」

口を結んだ男のそばから、舞衣が飛び出してくる。

「これは……」

天のスマホをのぞき込むと、舞衣が男に聞いた。

「彼女さんがいるんですね？」

男はまた舌打ちをし、天をにらむ。

「お前……何者なんだ？」

ごくんと唾を飲む。ふと気配を感じて隣を見ると、こぶしを握った陽菜が、「行けっ、行けっ」と、あおってくる。

「俺は……」

こうなったらもう、どうにでもなれ。

「舞衣さんを……守るためにきた！」

言い切った天の前で、男と舞衣がきょとんとしている。

そしてしばらくの沈黙のあと、男が「はぁ？」と顔を歪《ゆが》めた。

「こいつおかしいぜ。桜木さん、この画像は俺じゃない。もう行こう」

男が伸ばした手を、舞衣が振り払う。

「いえ。行きません」

目を丸くしている男の前で、舞衣が深々と頭を下げる。

「私はあなたとは、つきあいません。ごめんなさい」

天の耳に、舞衣の声がはっきりと聞こえた。

男は一瞬呆然としたあと、再び舞衣に手を伸ばす。

「はっ？　ここまでついてきたくせに、いまさらなに言ってんだよ！」

しかしその手が舞衣に届くことはなかった。舞衣の前に、天が立ちはだかったからだ。

「いい加減にしろよ」

低い声でつぶやき、天は男の顔を見た。いつもみたいに視線をそらさず、しっかりと目を合わせる。そして鋭くにらみつけた。

「うっ……」

天の顔の傷痕と、刺すような視線に、男がぶるっと肩を震わせる。

「バ、バカバカしい」

あとずさりしながら、男は舞衣に向かって捨て台詞《ぜりふ》を吐く。

「お前みたいな地味女、誰が本気で相手にするか！」

「おいっ、待てよっ……」

飛び出そうとした天の腕を、舞衣がつかんだ。陽菜の手とは違う、あたたかい人間の手だ。

「大丈夫です。私は」

振り返った天に、舞衣が静かに微笑む。なんだか急に照れくさくなって、天は慌てて舞衣から体を離す。そのとき、遠くで情けない声が聞こえた。

「おわっ！」

天と舞衣が顔を向けると、水たまりで足をすべらせ、派手に転んでいるチャラ男が見えた。そばで小さな子どもたちがくすくす笑っている。

「なんだよっ、くそっ」

男がイラつきながら地面を蹴って、逃げるように去っていく。その背中を見つめていた舞衣が、心配そうにつぶやいた。

「怪我《けが》、しなかったかな……」

あんな男のことを心配するなんて……この人は、自分の置かれていた状況がわかっているのだろうか？

天はあきれて声を出す。

「ばちが当たったんだ」

はっと気がついたように、舞衣が天を見た。

「気をつけたほうがいいっすよ。ああいう男は」

「は、はい。ありがとうございました」

丁寧に頭を下げられ戸惑う。

「じゃ、じゃあ、俺はこれで」

立ち去ろうとした天を、舞衣が呼び止めた。

「待ってください」

駆け寄ってきた舞衣が、天の前に立つ。

「今日、牛乳買いに来られませんでしたよね？　心配しました」

心配？　こんな自分のことを？

「また牛乳、買いにきてくださいね？」

「あ、はい」

「コンビニで、お待ちしています」

にこっと微笑み、舞衣があの暗い家に向かって歩き出す。天は黙ってその背中を見送る。

「ねぇ」

そういえば、隣に陽菜がいたんだ。忘れてた。

「やればできるじゃん」

「え？」

陽菜が天を見上げて、にやっと笑う。

「ありがとう、天ちゃん。カッコよかったよ？」

「べ、べつに俺は……お前がごちゃごちゃうるさいから……」

照れくささをごまかすように、スマホをポケットに突っ込みながら言う。

「でもこれで、俺の役目は終わりだな」

とりあえずあの男は追い払ったし、さっさと幽霊から解放してもらおう。

けれど陽菜は表情を曇らせ、首を横に振る。

「ううん。まだだめ」

「は？　チャラ男は追い払っただろ？　それに姉ちゃん、私は大丈夫って言ってたじゃん」

「お姉ちゃんはいつも言うんだもん。大丈夫って」

陽菜はじっと天の顔を見つめている。

「だから信じられないの。お姉ちゃんの『大丈夫』は、全然大丈夫じゃないんだよ」

天は陽菜から視線を移し、公園をひとりで歩いていく、舞衣の背中を見つめる。

「お願い……」

ひんやりと腕が冷たくなる。

「お姉ちゃんを、守ってあげて」

すがるようなその声を聞きながら、天は舞衣の姿を見えなくなるまで見送った。

第二章　忘れられないあの日

朝起きると、天は自分の部屋を出て一階へ下り、誰もいない居間へ向かう。

夜遅くまで店をやっている両親は、この時間まだ起きてこない。けれど天のために必ず、朝食が用意されている。昨日父が作った料理の残り物だが。

「いただきます……」

誰もいないけどそう言って、あくびをしながら箸をとる。

昨日はあまり眠れなかった。夢の中に何度も陽菜が出てきて、呪いのように繰り返すのだ。「お姉ちゃんを、守ってあげて」と。

「幽霊のくせに……」

人の夢にまで出てくるな。

だけどあのチャラ男を追い払った日から、陽菜は毎日夢に出てくる。本当に勘弁してほしい。

『だから信じられないの。お姉ちゃんの「大丈夫」は、全然大丈夫じゃないんだよ』

頭の中に、陽菜の声が聞こえてきた。天はそれを振り払うように、ご飯をかき込む。

「もしかして俺……あの幽霊に呪われてる？」

そのときふと、テーブルの端に置かれている紙の束に気がついた。天が一枚手に取った途端、明るい声が響いてきた。

「あっ、それね、母さんが作ったのよ。なかなかでしょ？」

いつの間にか起きてきた母が、寝起きとは思えない元気な声で言う。

「作った？」

「家のパソコンで作って、プリンターで印刷したんだよ。商店街に置いてもらおうと思ってね」

それは『居酒屋とがし』の宣伝チラシだった。

「ふーん。すごいな」

天はどうでもいいようにそう言って、立ち上がる。

「ごちそうさま」

「ちょっと、あんた！　全然すごいって思ってないでしょ！　母さんこれでも、デザイン学校行ってたんだからね！」

母は朝からテンションが高い。まだ寝てればいいのに、天が家を出る時間には必ず起きてきて、なんだかんだ騒ぐ。

「よくできてると思うんだけどなぁ」

母がチラシを手にしてふてくされている。天ははっと思いつき、そのチラシを一枚奪った。

「これもらってくよ」

「ちゃんと宣伝してきてよ。あっ、でも高校生はだめだからね！」

母の声には返事をせず、靴を履く。

「いってきます」

「いってらっしゃい。気をつけるんだよ」

パジャマ姿で寝癖のついている母をちらりと見て、天は家を出る。

まだ寝てればいいのに――もう一度、そう思いながら。


「おかえりー！　天ちゃん！」

学校帰り、いつものように電車から降り、コンビニの前を通りかかると、セーラー服の少女が手を振ってきた。天にしか見えない幽霊、陽菜だ。

天は毎日このコンビニに来ていたが、チャラ男を追い払った日以来、陽菜に会っていなかった。

それはきっと、姉の舞衣がバイトのシフトに入っていなかったからだろう。お姉ちゃん大好きな陽菜は、ほとんど舞衣にくっついているので、彼女のいる日しかここに来ない。

そしてもちろん、天は舞衣とも、あの日以来会っていなかった。

「ねぇねぇ、天ちゃん聞いて！　あのチャラ男、バイトやめたんだって！　さっき店長がお姉ちゃんに話してた」

「へぇ……」

天はどうでもいいようにつぶやいて、陽菜を見る。陽菜は嬉しそうににこにこしている。

「じゃあもう、俺がやることはないんじゃねぇの？」

そこで天は言葉を切る。笑うのをやめた陽菜が、大きな瞳でじっと天のことを見つめていたから。

「この前言ったでしょ？　お姉ちゃんの『大丈夫』は、全然大丈夫じゃないって」

天は、ひとりで家に帰っていく、舞衣の背中を思い浮かべる。なんだかいまにも消えてしまいそうだった、頼りない後ろ姿。天だって気にしていないわけじゃない。いや、ずっと気になっている。

「ああ……でも、あの男はもういないんだし。やっぱり大丈夫じゃね？」

すると陽菜が、がしっと天の腕をつかんだ。その強い力に、この前吹っ飛ばされたことを思い出し、天の体がびくっと震える。

「あれを見てよ！　天ちゃん！」

陽菜が店内を指さす。天が視線を向けると、浮かない顔でレジの前に立っている舞衣の姿が見えた。

「お姉ちゃんは、自分のせいであの男が辞めたと思って、落ち込んでるんだよ」

「は？　なんで姉ちゃんが落ち込むわけ？　悪いのはあの男のほうだろ？　自分の非を認めて、自分から逃げたんだよ」

「でもお姉ちゃんは思っちゃうの。自分のせいで相手を傷つけたって思っちゃうの」

なんだよ、それ。気にしすぎ。せっかく助けてやったってのに。

でもまぁ、本人から助けてほしいと言われたわけではないし、もしかしたら余計なことだったかもしれない。

「俺、牛乳買ってくるわ」

すると陽菜がぱっと明るい顔になる。

「うん！　きっとお姉ちゃん、喜ぶよ！」

「まさか。むしろ嫌がられるんじゃねぇの？」

よくよく考えれば、あの日の自分の行動は不自然だった。チャラ男が言うように、ストーカーと思われてもおかしくない。

「大丈夫、大丈夫。いってらっしゃい！」

陽菜がにこにこ笑って手を振っている。天はすぐに顔をそむけ、逃げるようにコンビニに駆け込んだ。

自動ドアが開くと、中から声がした。

「いらっしゃいませ」

柔らかくて優しい声。その顔を見なくても、舞衣だとわかる。

「あ、この前の……」

ちらっと視線を向けたら、舞衣が微笑みながらこっちを見ていた。なんだか照れくさくなり、天はちょっと頭を下げると、そそくさと飲み物のコーナーへ急ぐ。

牛乳パックを眺めつつ、横目でレジを見た。小太りの店長が、舞衣になにか話しかけている。あのチャラ男はたしかにいない。

天は小さく息を吐き、青いパックの牛乳を手に取ると、レジへ向かった。

「はい。いらっしゃい」

天の前で笑ったのは、店長だ。舞衣は店長に頼まれたのか、ホットスナックの準備をしている。店長に牛乳代を渡すと、「はい、二万円のおつりね！」と言いながら、二円のお釣りを渡された。

「まいど！」

「どうも」

店長にぺこっと頭を下げて、レジカウンターの前を通る。そのときくすっと、小さな笑い声が聞こえた。

「今日はいつもの牛乳なんですね」

舞衣の声だ。天が青いパックの牛乳を買ったのを、舞衣は見ていたのだ。

「あの！」

天は覚悟を決めて、ポケットの中にしのばせてあった紙をカウンターの上に置いた。

「よかったら来てください！　俺んちなんだ！」

「え？」

舞衣が戸惑いながらその紙を見下ろす。

それは今朝、母から奪った、『居酒屋とがし』の宣伝チラシだった。

「ん、君のうち、居酒屋なの？　いいねぇ」

横から店長が首を出す。この店長は最近他の店舗から来た人で、地元の人ではないのだろう。昔からこのあたりに住んでいる人ならば、天の店も天のことも知っているはずだから。

「そうです。よかったら皆さんでどうぞ」

「いいねぇ！　今度みんなで行こうよ！」

「そうですね。でも店長は夜勤も入ってますよね」

「ううっ、そうだった。みんなと一緒に行きたいのになぁ」

店長が泣き真似をして、舞衣が笑っている。その笑顔は、もう大丈夫そうに見えたけど。

『お姉ちゃんの「大丈夫」は、全然大丈夫じゃないんだよ』

天はまた、陽菜の言葉を思い出す。

「とにかくっ。よかったら来てください！　元気になれると思うから！」

天はチラシを舞衣の手に強引に渡すと、牛乳を持って外へ出た。

「あっ、ありがとう！」

背中に舞衣の声が聞こえ、それと同時に自動ドアが閉まった。


「やるじゃん！　天ちゃん！」

商店街を歩きながら、陽菜がひやかす。

「なにが？」

「とぼけちゃってー！　お姉ちゃんを天ちゃんのお店に誘ったんでしょ？」

天は小さくため息をつく。

「お前が姉ちゃんの心配ばかりするからだよ。守ってやれとかなんとか……夢にまで出てきやがって」

陽菜がきょとんと天を見上げる。小柄な陽菜と天の身長差は二十センチくらいある。

「天ちゃん……お姉ちゃんのために、あのチラシ用意してくれてたの？」

「言っとくけど俺の店じゃねぇぞ？　俺の両親の店。それにもしもお前の姉ちゃんが来ても、相手するのは俺じゃない。俺の母ちゃんだ」

ふたりの横を、バスが音を立てて通り過ぎる。

「俺の母ちゃん、めっちゃ明るいからさ。悩みがあれば聞いてくれるし、きっと姉ちゃんも元気になるんじゃないかって思って……」

するとと陽菜が天の体に飛びついてきた。

「やっぱり天ちゃんはあたしの天使だー！」

「うわっ、やめろっ」

よろけながら無理やり陽菜の体を引き離す。

「誰が天使だ！　ふざけんな！」

「天ちゃん？」

はっと口を結んで前を見る。目の前に買い物帰りのおばさんが突っ立っている。商店街の肉屋のおばさんだ。昔からふくよかだったけど、ちょっと見ないうちにさらにふくよかになっている。

「あ、こんちは」

「久しぶりねぇ、天ちゃん。ずいぶん楽しそうじゃない」

おばさんがくすくす笑っている。

おばさんには陽菜が見えない。声も聞こえない。だから天が、ひとりで騒いでいるように見えただろう。アホな子だと思われたに違いない。

「えっと、いまのは……」

「いいの、いいの。天ちゃんは元気でよかったわ」

胸の奥に、ちくんとなにかが刺さる。

「またお使いにきてよね。昔みたいに」

「はい……」

「じゃあ、お母さんによろしく」

ぺこっと頭を下げると、おばさんは小さく手を振って行ってしまった。

天はゆっくりと顔を上げる。おばさんの言葉が頭の中でぐるぐる回る。

『天ちゃんは元気でよかったわ』

天ちゃんは……

「あは、ヤバかったねぇ？　天ちゃん？」

陽菜が顔をのぞき込んでくる。天はむすっと顔をしかめ、再び歩き出す。

「路上で俺に話しかけんな」

「不便だなぁ、幽霊は」

「てかお前っ、なんでついてくるんだよ！」

「は？　いまごろ気づいたの？　いいじゃん。お姉ちゃんのバイトが終わるまで、天ちゃんちでおしゃべりさせて」

なにがおしゃべりだ。幽霊は気楽でいいよな。

「だって誰とも話せなくて寂しいんだよ、幽霊って」

五差路で足を止める。目の前の歩行者信号は赤。今日も信号機の根元の花のそばに、あの老人が立っている。

「なぁ……」

目の前を通り過ぎる車を見送ってから、天がつぶやく。

「幽霊って……寂しいの？」

車の排気ガスを浴びて、白い花がかすかに揺れる。

「まぁね、誰からも気づかれないのは、やっぱりちょっと寂しいよ」

隣に立っている陽菜がそう言って、少し考えてから続けた。

「でもあたしはまだ、お姉ちゃんの近くにいられるし、天ちゃんともおしゃべりできるからね……だけどあの世に行っちゃった人は、もっと寂しいかもしれないね」

歩行者信号が青になる。天はゆっくりと横断歩道を渡る。

ぼんやりと立ちつくしている老人。その下で揺れる白い花。

『天ちゃんは元気でよかったわ』

あの花は、じいさんが現れる前からここにある。供えているのは、うちの母ちゃんや商店街の人たち。

「やべぇ……」

横断歩道の真ん中で足が止まる。心臓がドキドキと波打つ。渡らなきゃ、早く渡らなきゃと思うのに、足が思うように動かない。

信号が点滅する。息がだんだん苦しくなる。

『あの世に行っちゃった人は、もっと寂しいかもしれないね』

あの世に行っちゃった人。ここで。事故に遭って。ひとりであの世に……

「天ちゃん!」

ぐっと手を引っ張られた。車のクラクションを聞きながら、引きずられるように横断歩道を渡り切る。

「大丈夫? 天ちゃん!」

気づけば歩道の上にいた。さっきまで立っていた横断歩道を、車が行き交っている。

「ああ……うん」

深呼吸をして息を整えた。額から嫌な汗が流れてくる。

陽菜が引っ張ってくれたのか……

「もう……大丈夫」

そう答えた天の顔を、陽菜がじっと見つめている。

「ねぇ、天ちゃん」

陽菜の声を聞きながら歩き出す。

「この交差点で、なにかあったの？」

「なんにもねぇよ」

すると陽菜が天の行き先をふさいだ。

「天ちゃんもお姉ちゃんと同じだね！」

「は？　なにが？」

「大丈夫じゃないくせに、大丈夫って言うところ！」

天はむっと顔をしかめる。

「うるせぇな！　俺が大丈夫って言ってんだから大丈夫なんだよ！」

「全然大丈夫じゃないじゃん！」

陽菜に手を握られた。ひんやりと冷たい感触が天の手に伝わってくる。

「すっごく、震えてるくせに」

その声に、天は陽菜の手を振り払った。

「うるさい！　お前に俺のなにがわかるんだよ！　幽霊のくせに！」

陽菜がじっと天を見ている。天は奥歯を噛みしめると、そんな陽菜から顔をそむけた。

「ついてくんな！　ウザい！」

乱暴な言葉を吐き捨てて、逃げるようにその場を去る。

両親の店に飛び込んだ天のあとを、陽菜は追いかけてこなかった。


「牛乳飲むと、背が伸びるらしいぞ？」

あれはたしか小学五年生のころ。いつも天と背の順で一番前と二番目を争っていた、幼なじみで本屋の息子、佐宗拓実《さそうたくみ》が言った。

「だから俺はこれから毎日飲む！」

「じゃあ俺も毎日飲む！」

天も負けずに言い返す。

「俺ぜったい、拓実より高くなってやるからな！」

「俺だって。ぜったい天より高くなってやる！」

ふたりはにらみ合ったあと、にっと白い歯を見せた。

「おし！　今日からふたりで毎日、牛乳一リットル飲もうぜ！」

「学校終わったら牛乳買いに行こう！　駅前の『ふちのや』まで！」

「おう！　約束な！」

「約束！」

拓実が小指を差し出した。天も小指を差し出す。

だけど指を絡ませようとした瞬間、拓実の指がふっと消えた。

「え……」

指だけじゃない。天の前にいたはずの、拓実の姿が見えない。

「な、なんでっ？　拓実っ！」

叫んだ途端、世界中の明かりが消えてしまったように真っ暗になる。深い深い闇だ。その闇の中に、ひらひらと舞っている、ピンク色の花びらだけが見える。

「拓実っ、どこ？」

人のいる気配もない。

「どこにいるんだよ！　拓実！」

すると遠くから声が聞こえてきた。

「天……」

「拓実？」

「寂しいよ……」

「寂しい？」

「うん。ひとりじゃ寂しい。だから……」

天もここに来て――

ひゅっと息を吸い込む。左右も上下もわからない暗闇の中、震えながら足を踏み出す。

「だめっ」

そのとき、高い声が響いた。女の子の声だ。

「こっちに来ちゃだめ！」

「え……」

「あなたはこっちに来ちゃだめだよ！」

前から強く突き飛ばされた。後ろに倒れたら衝撃はなく、そのまま深く落ちていく。どこまでも、どこまでも……

気が遠くなるほど長い時間、雪のように降ってくる桜の花びらだけが、天の視界に映り続けた。


「天ー！」

はっと目を開ける。見慣れた古い天井が見える。

「開けるわよ」

返事を聞く前に襖が勢いよく開く。のそのそと畳の上に体を起こした天の前で、母があきれた顔をした。

「あんた寝てたの？」

くしゃくしゃと頭をかく天の横をすり抜け、母が閉まっていた窓を開いた。すうっと冷たい風が吹き込んで、頭が急に冴えてくる。

「あんたからうちのチラシをもらったっていう、お客さんが来てるわよ」

「は？」

くるっと振り返った母が、にっと天に笑いかける。

「かわいらしい女の人。どこかで見たような顔だなぁって思ったら、駅前のコンビニで働いてるんだってね？」

天は思い出す。さっきコンビニで、舞衣にチラシを渡したことを。

「下りてらっしゃい。あんたにはお酒出せないけど、夕飯まだ食べてないでしょ。ご一緒させてもらったら？」

そう言い残し、母が部屋から出ていく。

来たんだ。舞衣が。本当に。うちの店に。

治まったと思った動悸が、また激しくなってきた。

「陽菜！　ほんとに来たぞ！　お前の姉ちゃん……」

言いかけて気づく。部屋には誰もいない。

「そっか。俺が言ったんだ。ついてくんなって」

天がそう言ったときの、陽菜の表情を思い出す。

「言いすぎたよな……やっぱり」

いくら幽霊だからって、ウザいなんて言われたら、きっと傷つく。

「あー……もうっ」

天は立ち上がると、窓から顔を出して怒鳴った。

「陽菜っ！　そのへんにいるならうちに来い！　姉ちゃんが来たぞ！」

だけど返事はない。車道を車が一台通り過ぎていくだけだ。

ため息をひとつつき、天は部屋を出て階段を下りた。


「あっ」

自宅と店を仕切っている暖簾をかき分け、そっと顔を出すと、カウンター席に座っていた舞衣が立ち上がった。そして天に向かってぺこりと頭を下げる。

「来ちゃいました」

顔を上げた舞衣が、恥ずかしそうに微笑む。天はどうしたらいいのかわからなくなって、頭をかいた。

「ほんとに来るとは思わなかった」

天の声に、また舞衣が笑う。

「まぁ座って座って。舞衣ちゃん、ビールのおかわりはどう?」

「あ、はい。いただきます」

「ほら、あんたもぼうっと突っ立ってないで座りなさいよ」

母にせかされ、舞衣の隣に座る。いつから飲んでいたのか知らないが、舞衣の前のジョッキは空っぽだ。

「舞衣ちゃん、けっこういける口でしょ?」

母はもう、舞衣のことを名前で呼んでいる。けれどお客さんに馴れ馴れしいのは、いつものこと。

小さく息を吐くと、カウンターの奥から父親の手が伸び、ビールの入ったジョッキと空のグラスが置かれた。

「ありがとうございます」

ビールを舞衣が受け取る。無口な父はちょっと頭を下げると、また調理場へ引っ込んでしまった。

「はい。あんたはこれね」

母が天の前に一リットルの牛乳パックを置く。これをグラスに注いで飲めというのだ。

顔をしかめた天の隣で、舞衣がくすっと笑った。

「それとね、これもどうぞ」

母が焼き鳥ののった皿をふたつ持ってくる。

「焼き鳥？　私頼んでないですけど」

「これはお父ちゃんからのサービス。よかったら食べて？」

「すみません。ありがとうございます」

舞衣がまた頭を下げている。天は舞衣の隣でぼそっとつぶやく。

「うちの焼き鳥、すっげー美味いから」

天のほうを向いた舞衣が、ふわっと微笑む。

「うん。いただきます」

一本手に取り、舞衣が口に運ぶ。秘伝のタレがかかったモモ肉だ。

舞衣の反応を気にしながら、天も肉を口に入れる。

「わぁ、お肉がぷりっぷりですね。タレもこってりしていて、すっごくおいしい！」

「でしょう？　お口に合ってよかった！」

カウンターの奥から母が嬉しそうに笑う。舞衣もにこにこ笑っている。

天もホッとして、一気に焼き鳥をたいらげた。

カウンター席には舞衣と天だけ。後ろのテーブル席では、仕事帰りの会社員が三人、気分良さそうに談笑しながら飲んでいる。

二杯目のビールを口にする舞衣の横顔を、天は父が作ってくれたご飯を食べつつ、ちらっと見る。

おとなしそうな顔をして、なかなかの飲みっぷりだ。酒は強い方なのかもしれない。

「あの……」

ジョッキをカウンターの上に置くと、頬を少し赤らめた舞衣がつぶやいた。

「この前公園で……」

天はどきっとして箸を止める。あの日のことを思い浮かべ、逃げ出したくなる。

「私の名前……どうして知っていたの？」

口の中のご飯を、ほとんど噛まずに飲み込んだ。

そうだ。コンビニでの会話や名札で、彼女の苗字を知ることはできても、名前までは知られないはず。それなのに、あのときつい、「舞衣さん」と口走ってしまったのだ。

ヤバい……まさか幽霊の妹から聞いたなんて言えない。

「あ、それは、えっと……」

やっぱりストーカーだと思われているかもしれない。教えてもいないのに自分の名前を呼ばれるなんて、気持ち悪いに決まっている。

額にじんわりと汗がにじんできた。上手い言い訳が思い浮かばず、ごまかすように牛乳を飲む。

「妹から聞いたって言えば？」

びくっと背中を震わせ声のほうを向くと、反対側に陽菜が立っていた。ちょっと……いや、だいぶ機嫌悪そうに。

「ひなっ……」

叫びそうになった口元を押さえ、また牛乳をごくんっと飲む。

陽菜はむすっとしたまま、天の隣の席に座った。

「あたしと友だちだったって言いなよ。あたしと天ちゃんは同い年だから」

「え……」

「あたし生きてれば、十七歳の女子高生だよ？」

そうか。そうだったのか。中学校の制服を着ているから年下扱いしていたけれど……生きていれば、天と同じ十七歳に成長しているはずだったのだ。

くるっと反対側を向くと、舞衣が不思議そうに首をかしげていた。

もういい！　こうなったらやけくそだ！

「俺っ、桜木陽菜の友だちだから！」

「え」

舞衣の顔色が変わった。だけど天は続けて言う。

「それでっ、陽菜から舞衣さんの話は聞いてて……いや、ちょっと見かけたこともあったから、顔も知ってたし」

ああ、よくもこんなにべらべらと、嘘が出てくるもんだ。自分で自分にあきれかえる。

「コンビニの名札に『さくらぎ』って書いてあっただろ？　だから陽菜のお姉さんだとわかって……そんでお姉さんがあの男にしつこくされてるような気がして、つい……」

苦しい。苦しすぎる言い訳。こんなので納得してくれるのだろうか。

「ほんとに……？」

舞衣の声が聞こえてくる。

「うん」

「じゃあ陽菜が……もういないことも知ってるのよね」

「うん……」

天はうなずく。しばらく沈黙が続いたあと、天は「えっ」と声を漏らした。

目の前の舞衣が涙を流していたからだ。

「あ、えっと……」

戸惑う天の前で、舞衣が頬をゆるめる。

「ごめんね。なんか急に陽菜のこと思い出しちゃって……」

胸がぎゅっと苦しくなった。

嘘なのに。陽菜とは友だちなんかじゃない。知り合ったのはつい最近だ。しかも幽霊の陽菜とだ。

「そうなのね。陽菜の友だちだったのね。それで私のこと、気にかけてくれたのね」

舞衣の涙が頬を伝って落ちる。

「あの、これ……」

咄嗟に手元にあったおしぼりを差し出した。舞衣はくすっと笑って「ありがとう」とそれを受け取る。そして流れ落ちる涙を、そっと拭った。

「バカ！　あんたって子は！」

「いてっ」

後ろから母に頭を小突かれた。

「おしぼりなんか渡すヤツがいるか！」

母はそう言うと、舞衣にポケットティッシュを差し出した。

「泣きたいときはね、泣いたほうがいいの。涙をためすぎちゃうと、上手く笑えなくなっちゃうからね」

にっこり笑った母を見て、舞衣も泣きながら微笑む。

「ありがとうございます」

舞衣は母からポケットティッシュを受け取った。そして中から一枚取ると涙を拭き、二枚目で洟《はな》をかんだ。母は優しいまなざしで、そんな舞衣を見守ってから言う。

「舞衣ちゃん！　焼き鳥もう一皿どう？」

気づくと皿は空になっている。

「あ、はい。いただきます」

「はいよ！　お父ちゃん、焼き鳥もう二皿！」

そう言ってから、にっと天に笑いかける。

「あんたももちろん食べるでしょ？」

「お、おう」

「この子はねぇ、焼き鳥と牛乳があれば生きていけるのよ」

「あ、牛乳好きですよね。知ってます」

母と舞衣が笑い合っている。天はぶすっと口を尖らせ、反対側を向く。

「あれ……」

気づくとそこに陽菜の姿はもうなかった。

結局舞衣はビールをジョッキで三杯飲んだ。飲み終わるころ、涙はすっかり消えていて、母と意気投合して笑い合っていた。

「では、私はそろそろ……」

「ああ、やだ、もうこんな時間。なんか私につきあってもらっちゃったみたいで、ごめんねぇ？」

「いえ。楽しかったです」

他の客はすでに帰ってしまって、店にいる客は舞衣ひとりだ。

母と舞衣の会話に入れなかった天は、ちびちびと牛乳を飲みながら、父がくれた枝豆を食べていた。

「天！　舞衣ちゃんを送ってあげなさい」

「へ？」

突然の母からの命令に、枝豆を喉に詰まらせそうになる。

「なんで俺が……」

「なんでじゃないでしょ？　あんたが舞衣ちゃんを誘ったんだから。大事なうちのお客様を、無事に家まで送り届けてあげなさい」

母の言うことは絶対だ。文句を言っても口で言い負かされる。

「あの、私は大丈夫です。家、近いですし」

「でも線路の向こう側なんでしょ？　この時間、駅前には酔っぱらい多いし。うちの息子、こんなときくらいしか役に立たないから使ってやってよ」

天がちらっと舞衣を見ると、舞衣も困ったように天を見ていた。

「じゃ、じゃあ送るよ」

その顔を見ていたら放っておけなくなって、天は立ち上がる。

「じゃ、じゃあお願いします」

同じように立ち上がった舞衣が、丁寧に頭を下げる。

「気をつけてね」

母は笑って、ふたりにそう言った。


駅への道を舞衣とふたりで歩く。周りを見まわしてみたけれど、陽菜の姿は見えない。やっぱりまだ、怒っているのだろう。

「天くん」

突然名前を呼ばれて心臓が跳ねた。舞衣が恥ずかしそうに天を見て、小さく微笑む。

「ごめんなさいね」

「え？」

「陽菜のお友だちだったのに、いままで気づかなくて」

「い、いや、べつに。てか、お姉さんが俺のこと知らないのなんて、当たり前だから」

そうだ、この人はそういう人。なんでも自分が悪いと思ってしまう。

「天くん」

「はい？」

夜風が舞衣の髪をさらっと揺らす。

「陽菜とは、よく一緒に遊んでくれたの？」

「あ、まぁ……」

天の胸がちくちく痛む。この人の前で嘘はつきたくないけど、いまさら本当のことなど言えない。

「陽菜は、天くんといるときはどんな子だった？」

「え、えっと……元気でうるさい……かな？」

舞衣がくすっと笑う。天はそんな舞衣の横顔を見ながら言う。

「それと……お姉さんのことをいつも気にかけてる」

はっと表情を変えた舞衣が、隣を歩く天を見た。一瞬目が合ったあと、舞衣は静かに視線をそらす。

「天くんって……いまも陽菜と会ってるみたいね」

天は黙ったまま歩いた。

無邪気で、姉のことになるとどこまでも突っ走る、陽菜のことを頭に浮かべる。

五差路の歩行者信号が、暗闇の中に赤く灯っていた。こちら側の信号の横には、あいかわらず立ち尽くしている老人。

「陽菜はね」

隣から小さな声が聞こえてくる。

「いい子だったの」

そっと隣を見ると、舞衣は交差点の向こう側を見つめていた。

「姉の私が言うのも変だけど……元気で、誰とでも仲良くなれて、しっかりしてて……両親もそんな陽菜をかわいがってた。私よりもずっと」

車が一台通り過ぎ、歩行者信号が青く変わった。けれど舞衣の足は動かない。

「なのにどうして死んじゃったんだろう。どうして私じゃなくてあの子が……」

天の耳に舞衣の声が沁み込んでくる。深く深く、耳を伝わって胸の奥のほうまで。

横断歩道の向こうから、若者の乗った自転車が走ってきた。立ち尽くすふたりの脇を、すうっと風を立てて通り過ぎていく。

目の前の信号が点滅を始めた。舞衣がまた涙を拭う。

「ごめんね。なに言ってるんだろうね、私……」

天は黙って舞衣の声を聞く。

「どうしてかな。どうして天くんの前だと、こんなに涙が出てくるのかな。止まらないや……」

きっとこの人は、他の人の前では泣いたりしないんだろう。自分なんかが泣いてはいけないと、思っているのかもしれない。

天はポケットの中になにかが入っていることに気がついた。取り出してみると、それはポケットティッシュだった。さては母が入れたに違いない。

天はそれを舞衣に向かって、ぎこちなく差し出した。

「これ……どうぞ」

涙を拭いながら、舞衣が振り向く。そして天からティッシュを受け取り、泣いているのか笑っているのかわからない、くしゃくしゃの顔を見せた。

「ありがとう」

冷たくて、静かな夜だった。目の前をまた車が一台通り過ぎる。横断歩道の向こうに、信号機の赤が灯っている。

ふたりきりで歩道に立ち、信号機の赤い色をじっと見つめた。

陽菜の姿を捜してみたが、見つけることはできなかった。

＊

「天ちゃん！」

翌日の学校帰り、コンビニの前に陽菜がいた。天に向かって、おいでおいでと手招きをしている。天は周りを見まわし、ひと気がないことを確かめてから、おそるおそる陽菜のそばへ行く。

「……ただいま」

「おかえり」

腕組みをした陽菜が、冷たい目つきで天を見上げる。天は覚悟を決めて声を出した。

「昨日は……まぁ、あれだ。ウザいとか言って……ごめん」

陽菜がじっと天を見つめる。耐えきれなくなって目をそらそうとしたとき、陽菜が天の肩をぽんっと叩いた。

「まぁいいよ。呪い殺してやろうかと思ったけど、許してあげる。お姉ちゃんと仲良くなってくれたしさ」

陽菜がにっと白い歯を見せる。天は昨日の夜を思い出し、照れくさくなった。

あのあと天は、舞衣の家まで送っていった。公園の向こうにある舞衣の家は、真っ暗で静まり返っていた。舞衣は何度も何度も天に頭を下げて、その家に入っていったのだ。

「うちまで行ったんでしょ？」

「ああ。お前んち……真っ暗だったぞ？」

「そっか。もう遅かったしねぇ。お父さんもお母さんも寝ちゃってたかも」

天はちらっと陽菜を見る。陽菜はなんでもないようにふるまっているが、どこか寂しそうにも見える。天はそんな陽菜にたずねた。

「お前って、ずっとあそこに住んでたのか？」

「え？　なんで？」

「だって俺たち友だちの設定なんだろ？　いろいろ知っとかないとヤバいじゃん」

昨日はなんとなく気まずくて、舞衣とほとんどしゃべらなかったが、また店に飲みに来るかもしれない。コンビニでも会うだろうし。

「そっか。あたしたち、友だち設定だったっけ」

陽菜の顔に明るさが戻る。

「あたしはずっとあそこに住んでたよ。お姉ちゃんとあたしと両親と……あとシロって犬を飼ってたけど、一年前に死んじゃったの」

天は庭に放置されたままの、壊れた犬小屋を思い出した。

「あたしたち、仲のいい家族だったんだよ。日曜日はよく四人で買い物や外食に出かけたし、夏休みは旅行やキャンプに行ったし、楽しかったなぁ……」

陽菜が懐かしそうに空を見上げる。

「でもあたしがいなくなって、家族はバラバラに壊れちゃった。お父さんは会社を辞めてお酒ばっかり飲んでて、お母さんは泣いたり怒ったり情緒不安定で……ふたりは毎日喧嘩してる。そんな家族を元に戻そうと、お姉ちゃんは頑張ってるんだけど……」

天は昨日見た、舞衣の涙を思い出す。

ぎゅっと手を握りしめると、天は思い切って陽菜に聞いた。

「お前は……どうして死んだんだ？」

一番大事で、一番残酷なことを、聞かなければいけないと思ったのだ。

空から視線を下げた陽菜は、天の顔を見つめて頬をゆるめる。

「あたしは交通事故で死んだの。中学校の入学式の日に」

その言葉が天の胸に刺さった。

「入学式の日？」

「うん。すごく風の強い日だった。車にはねられたとき、桜の花びらがひらひら舞ってて……あ、見て。この制服、まだ新しいんだよ？」

陽菜が天の前でくるっと回る。大きめのプリーツスカートがふわりと揺れた。

けれど天の頭の中では、陽菜の言葉がぐるぐる回っている。

中学校。入学式。新しい制服。交通事故。桜の花びら……

「でもどこで事故に遭ったのかとか、細かいことは覚えてないんだよね」

そこで言葉を切って、陽菜が天を見た。

「どうしたの？　天ちゃん」

陽菜の声に顔を上げる。

「顔色悪いよ？」

「べつに……」

なんとか声を絞り出し、陽菜から離れる。

「今日、姉ちゃんいるんだろ？　牛乳買ってくる」

「うん……」

コンビニに向かって歩き出そうとしたら、陽菜に腕をつかまれた。

「天ちゃん」

背中を向けたまま、その声を聞く。

「大丈夫？」

息を深く吸って、言葉と一緒に吐く。

「大丈夫だよ」

陽菜の冷たい手が、天の腕からそっと離れた。

「いらっしゃいませ……あっ」

レジカウンターにいた舞衣とは、すぐに目が合った。

「こんにちは、天くん」

無邪気に声をかけられて、照れくさくなる。

天が軽く頭を下げたら、店長の声が聞こえてきた。

「おおっ、噂の天くんじゃないか。君んちの焼き鳥美味しいんだってねぇ。桜木さんから聞いたよ。今度僕もぜひ、お邪魔させてもらいたいね」

店長に話したのか。まあ、宣伝になるからいいけど。

「ぜひ来てください。サービスしてもらえるよう、親父に言っときます」

「こりゃ絶対、行くしかないね！」

店長が、わははっと豪快に笑っている。レジに他の客が来たので、天はさりげなくそこから離れ、飲み物のコーナーへ移動した。

一リットルの牛乳は、今日も綺麗に並んでいる。天はそれをぼんやりと見下ろす。

『おし！　今日からふたりで毎日、牛乳一リットル飲もうぜ！』

天は青いパックの牛乳を手に取ると、レジに向かう。レジには舞衣が立っていて、天の顔を見ると柔らかく微笑んだ。


「姉ちゃん、元気だったぞ？」

牛乳を買ってコンビニから出ると、陽菜が待っていた。

「本当にそう思う？」

天は駐車場を横切って、商店街のほうへ向かう。陽菜がその隣をついてくる。

「本当にお姉ちゃんは、元気だと思う？」

昨日、舞衣は言っていた。

『どうして私じゃなくてあの子が……』

そう言って、涙を流していた。

「お姉ちゃんは天ちゃんと同じだから」

隣を歩きながら陽菜が口を開く。

「大丈夫じゃないくせに、大丈夫って言う。つらいの我慢して、平気な顔をする。言いたいこと胸の奥に押し込んで、吐き出そうとしない。人に迷惑かけたくないから、自分だけが苦しめばいいって思ってる。違う？」

天は陽菜をにらみつける。けれど陽菜の言うことはたぶん合っている。

「姉ちゃんはさ」

前を向き、ひとりごとのようにつぶやいた。

「妹のお前じゃなく、自分が死ねばよかったって思ってるんだな」

つぶやいた天の隣で、陽菜が小さくうなずく。

「うん。お姉ちゃんは……バカだね」

いい子だったという妹。残された姉。壊れてしまった家族。

いま、あの人は、なにを考えながら生きているんだろう。

横断歩道の手前で足を止める。今日も歩行者信号は赤。老人の姿も見える。

「あ……」

赤信号の根元に座り込んで、手を合わせている人がいた。

「母ちゃん……」

天がつぶやいたのと同時に、信号が青に変わった。


「あ、おかえり、天！」

横断歩道を渡り終えると、母が気づいて立ち上がった。

「ただいま」

「今日ね、お花屋さんに行ったから買ってきたのよ。拓実くんのお花」

信号機の下の花束は、新しい白い花に替えられていた。

白。牛乳みたいに白い花。

天はその花を黙って見下ろしたあと、すっと視線をそらして歩き出した。

「天！　ちょっと待って。母さんももう帰るから」

母が枯れた花を抱えて、追いかけてくる。

「あれ、あんたまた背が伸びた？」

「ねぇ、昨日の舞衣ちゃん、また来てくれるといいねぇ」

「気のせいだろ」

天はむすっとした顔を母に向ける。

「あの人は友だちの姉ちゃんだって言ったろ」

「知ってるよ。それ昨日から百回聞いた」

けらけら笑っている母をにらんで、天は顔をそむける。

隣で陽菜まで母と一緒に笑うから、余計に腹が立つ。

「ねぇ、天？」

早足で歩く天の少し後ろから、母の声が聞こえてくる。

「母さんはよかったと思ってるよ」

天の耳にその言葉が響く。

「あんたが生きてくれて。大きくなってくれて。だから誰にも遠慮しないで、好きなことしなさい」

遠慮？　誰に？

一瞬足を止めて考える。考えるだけで崩れそうになるのがわかって、簡単にそうなってしまう自分が嫌で、母に向かって吐き捨てた。

「うるせぇな」

八つ当たりだ。完全に。情けない自分が、ますます嫌になる。

天は母を残して、逃げるように走り出した。

「あっ、ちょっと、天ちゃん！」

陽菜の声が聞こえる。だけどそれも無視して、家の中に駆け込んだ。


「天ちゃん？　てーんちゃん？」

机に突っ伏している天の耳元で、陽菜がささやいてくる。

「ねぇ、今日は牛乳飲まないのー？」

うるさい。うるさい。あっちに行け。

「もー、そうやってすぐいじけるんだから！　天ちゃんは子どもだなぁ」

「は？　お前に言われたくねぇわ！」

勢いよく顔を上げたら、すぐそばにいた陽菜と目が合った。陽菜はにやっと天に笑いかける。

「こりゃ、天ちゃんにも必要だなぁ」

「……なにがだよ」

ぶすっと顔をしかめて、陽菜に聞く。

「天ちゃんを、守ってくれる人」

「はぁ？」

陽菜がにこっと微笑む。

「天ちゃんにはお姉ちゃんを守ってもらいたかったけど、天ちゃんにも天ちゃんを守ってくれる人が必要みたいだね」

「なんだそれ。勝手に決めんな」

「ねぇ、なにがあったの？」

ふわっと体が浮いたと思ったら、陽菜が勉強机の上に腰かけた。その隣にはコンビニで買った牛乳が置いてある。

「拓実くんって、誰？」

椅子に腰かけたまま、天は陽菜を見上げる。

「天ちゃんの、大事な人？」

まっすぐ見下ろしてくる大きな瞳に、天は答えていた。

「拓実は……俺の大事な友だちだよ」

あれは中学校の入学式の日だった。式を終えたあと、真新しい制服のまま、天の家に拓実が遊びにきた。

「え、行かねぇの？　牛乳買いに」

学校が終わると、駅前の「ふちのや商店」に牛乳を買いに行くのが、ふたりの日課だった。それなのに急に拓実が言うのだ。

「ああ、もう中学生だから、そういうのはやめようかなって思ってさ」

拓実が青いブックカバーのついた文庫本を、ぱらぱらとめくっている。最近拓実は読書に目覚めたようだ。

この前まで公園のブランコで、どっちが高くこげるか競争していたくせに。駄菓子屋のくじ引きで当たりが出ただけで、大はしゃぎしていたくせに。中学生になったからって、急に大人ぶりやがって。

「あ、そうだ。天、お前今日誕生日だろ？　これやるよ。うちの店で売ってるブックカバー」

拓実がリュックの中から袋を取り出し、天に放り投げた。天は慌ててそれをキャッチする。

天の家の並びにある拓実の家は小さな本屋だが、ちょっとおしゃれな文房具なども売っている。だから中学生や高校生くらいの女子に、意外と人気があった。

「さっきも中学生の女の子が、姉ちゃんの誕プレ買いにうちに来たからさ。それと同じやつ薦めてやったんだ。そしたら喜んで『これにする』って」

拓実が「どうだ」と言うように、口元をゆるめる。そんな表情をする拓実は、自分よりずっと大人びて見える。それがなんだかすごく悔しかった。

「俺が店を出るとき、その子まだ漫画見てたけど……けっこうかわいい子だったなぁ」

なにが「けっこうかわいい子」だ。女子なんか、「うるさくてめんどくさいだけ」って言ってたじゃないか。

「いらねぇよ、こんなの。俺、本なんか読まねぇし。女子と同じのなんて、カッコわりぃ」

天は拓実の目の前で、もらった袋をぽいっと投げ捨てた。

「あー！　なにすんだよ！　俺がせっかく……」

「俺は牛乳買いに行ってくる。お前はもうあきらめたんだろ？　俺より背が高くなること」

天がすっと立ち上がる。すると拓実も、むすっとした顔で立ち上がった。

「言っとくけど、俺のほうが天より高いぜ？」

「バーカ。この前の身体測定、俺の勝ちだったじゃん」

「あれから伸びたんだよ！」

「もういい。俺の勝ちってことで。はい、拓実くん、さよーならー」

天は小銭をポケットに入れて、乱暴に襖を開ける。

「おい、待てよ！」

「お前は来るな」

すると拓実は、持っていた文庫本をリュックにしまい込んで言った。

「行くよ、俺も！　毎日一リットル飲むって約束だったからな！」

「いいよ、無理しなくて。お前はそこで本でも読んでろ！」

「うるせぇ！　俺も行くって言ったら行くんだよ！」

争うようにして、外へ出た。

空は青く晴れ渡っていて、でも風が強くて、どこからか桜の花びらがひらひらと飛んできた。


「そのあと、あの五差路で事故に遭ったんだ。青信号で渡っていた俺たちのところに、他県ナンバーの車が突っ込んできて、数人の人が巻き込まれた。拓実は即死。俺は意識不明になって、長い間生死の境を彷徨ってたんだってさ」

キイッと椅子を揺らしながら、天が言った。陽菜は机の上に腰かけたまま、じっと天のことを見下ろしている。

「なんとか目覚めて一年後に登校したけど、みんなよそよそしくて。あんな事故に遭って親友亡くした俺に、どう接したらいいのかわからなかったんだろうな。ほら、顔にこんな傷もついてるしさ。ビビるよな、フツー」

天は額から頬のほうまで続いている傷痕を、指でなぞった。

「上手く表情が作れないのも、この怪我で神経やられちゃったせい。いつもぶすっとしてるとか、目つきが悪いとか言われるようになった」

だから天の中学生活は、まったく楽しいものではなかった。

「出だしで遅れたから、勉強はまったくついていけないし、やっと入れた高校はヤンキーだらけだし。自分も同じようにしないと絡まれるから、カッコだけはヤンキーにしたりさ。おまけに幽霊まで見えるようになっちゃって、苦労してるんだよ、俺も」

ははっと頬をひきつらせ、天は陽菜を見上げる。陽菜も天のことを見つめている。

「なぁ……」

そんな陽菜に向かってつぶやく。

「お前が死んだのも、入学式の日なんだろ？　もしかして俺たち、同じ事故に巻き込まれたんじゃないのか？」

「え……」

「あの日、拓実以外にもうひとり、女の子が亡くなってるはずなんだ」

「あたしが？　あそこで？」

陽菜が考え込むように首をかしげる。天はそんな陽菜に聞いてみる。

「そのときさ。お前、俺のとこに来なかった？」

どこまでも続く、なにも見えない闇の中。女の子の声がたしかに聞こえた。

あなたはこっちに来ちゃだめだよ！　って。

「さぁ……わかんない」

陽菜が答えた。

「行ったような気もするけど、行ってないような気もする。あたし事故の前後のこと、あんまり覚えてないんだ」

「そっか……」

あのとき、あの声が聞こえなかったら……自分も拓実のところへ行ってしまったかもしれない。

「ごめんな」

天の声に陽菜がたずねる。

「どうして謝るの？」

「いや、だって……お前はあの日いなくなったのに、俺はまだここにいるから」

すると陽菜が机の上から勢いよく飛び降りた。

「それがだめなの！」

「え？」

「あの日、あたしと拓実くんは死んじゃって、天ちゃんは生きてた。お姉ちゃんも生きてる。ただそれだけなの。天ちゃんやお姉ちゃんが、あたしたちに気を遣うことなんかない」

「でも……」

「でもって言うな！　しっかりしろ！」

陽菜の声にはっとする。陽菜は目を見開いて、天のことを見つめている。

「天ちゃんのお母さんだって言ってたでしょ？　誰にも遠慮しないで、好きなことしなさいって。天ちゃんはもう、あの事故にも拓実くんにも、囚《とら》われないでいいんだよ。自分の人生を、自分のために生きればいいんだよ」

天は黙って陽菜を見た。陽菜はすっと視線をそらす。

「それを……お姉ちゃんにも伝えてほしいの」

陽菜は深く息を吐くと、開いた窓のそばへ行く。

「陽菜？」

「天ちゃん。お姉ちゃんのこと、守ってあげてね？」

ふわっと陽菜の体が浮かんだと思うと、その姿が窓の外へ消えていく。

「ちょっ……陽菜！　どこ行くんだよ！」

「また来るよ」

慌てて窓から顔を出してみたが、そこに陽菜の姿はもうなかった。

店の看板に灯りが灯る。焼き鳥のいい香りが、外まで漂ってくる。

天は裏口から外へ出た。自転車の置いてある細い通路を通り抜けると、入り口に暖簾を出している父と目が合った。

「どこか行くのか？」

めずらしく父が声をかけてくる。

「うん。ちょっと」

「ちゃんと帰ってこいよ」

それだけ言うと、父は店の中に入っていった。

天は病院で意識が戻った日のことを思い出す。

いつも明るい母は、天を抱きしめ大泣きしていた。頑固で無口な父も泣いていた。ふたりは天に「帰ってきてくれて、ありがとう」と言った。

だけど拓実は帰ってこなかった。あの入学式の日、真新しい制服姿で天の家に遊びにいったきり、自分の家に「ただいま」と帰ることはなかった。

天が退院する少し前、拓実の家族は隣の県へ引っ越していき、この商店街に本屋はなくなった。自分の息子と同じように天をかわいがってくれた拓実の両親には、事故以来会っていない。

そして天は学校から帰ると、必ず店の両親に挨拶をすることにしていた。「ただいま。帰ってきたよ」と。それだけは必ず。


夕暮れの交差点で、白い花が揺れていた。ここはいつもたくさんの花が手向けられている。天は静かに近寄って、その場にしゃがみ込んだ。

「拓実……」

車の行き交う音がする。排気ガスの混じった生ぬるい風が、天の頬を撫でるように通り過ぎていく。

「そっちは寂しい？」

拓実の声は聞こえない。姿も見えない。拓実はここにいないのだ。

それはきっと、陽菜とは違い、ちゃんとあの世に行けているから。

「俺は……寂しいよ」

白い花を見つめて、ぽつりとつぶやく。

「お前がいなくて、寂しいよ」

いまでもはっきり思い出す。

ふたりで駆け回ったこと。競い合ったこと。喧嘩したこと。笑いころげたこと。

そんな当たり前の毎日が、永遠に続くと思っていた。ふたりで一緒に、大人になるのだと思っていた。

それなのに拓実だけが、いなくなってしまった。拓実はもう、大人になれない。

隣に誰かが立つ気配がした。あの老人の幽霊だ。

天はゆっくり顔を上げると、まっすぐ老人の顔を見つめた。目が合い、老人の表情がわずかに揺れる。

「じいさん」

立ち上がり、幽霊に向かって口を開く。

「あなたはなにを思い出したいんだ?」

幽霊は黙って天の顔を見ている。

「なにか困ったことがあったら俺に言って。できることならするからさ」

それだけ告げて、家に向かって歩き出す。

吹く風は冷たくて、天は背中を丸め、はあっと白い息を吐いた。

*

学校帰り、今日も天はコンビニに立ち寄る。だけどそこに陽菜の姿はない。

拓実の話をしたあの日、「また来るよ」と言ったきり、陽菜は姿を見せなくなった。

まさか成仏してしまった？　いや、それはありえない。

陽菜には思い出さなければいけないなにかがあるはず。それを思い出さない限り、彼女は成仏できないのだ。

「なんなんだよ。急に現れたり、いなくなったり……」

人騒がせな幽霊だ。

ぶつぶつつぶやきながら天がコンビニの中に入ると、聞き慣れた声が聞こえてきた。

「申し訳ございませんっ」

レジカウンターの奥で、頭を下げている舞衣の姿が見える。

またか……今日はなにをやらかしたんだろう。

天は小さくため息をつきながら、飲み物のコーナーへ向かう。

「ちょっと！　いつ来てもここの焼き鳥品切れじゃない。ちゃんと作ってるの？」

「は、はい。用意してはいるんですが……」

「でも私が来るとき、いつもないわよ。いつでも買えるように、ちゃんと用意しておきなさいよ！」

客のおばさんに文句を言われ、舞衣がまた「すみません」と謝る。隣のレジには、たまに来るおじさんバイトがいるけれど、関わりたくないのか無視している。

天はしばらくその様子を眺めたあと、牛乳パックを手に取り、レジに近寄った。

「まったく。使えないコンビニね！」

やっぱり、そうだ。この客は……

「おばさん」

天が後ろから声をかける。振り向いたのは商店街にある、時計屋のおばさんだった。眼鏡をかけた細身の、ちょっと口うるさい人だ。悪い人ではないんだけれど。

「あら、天ちゃん。久しぶりね」

おばさんがこわばった顔を、少しゆるめる。

「焼き鳥食いたいんですか？」

「え？」

「だったらうちの焼き鳥届けますよ」

「あら、やだ。そんなの悪いわぁ」

そう言いつつも、おばさんはなんだか嬉しそうだ。

「大丈夫です。コンビニの焼き鳥より、絶対美味いですよ」

「それもそうねぇ。じゃあお願いしちゃおうかしら」

おばさんが手のひらを、パチンと胸の前で合わせて笑う。ちらっとレジカウンターの中を見ると、舞衣がほっとしたように息を吐いていた。

「それと……どうせなら、つくねとレバーも二本ずつくれる？」

「わかりました」

「じゃあこれ、お代。お願いね。天ちゃん」

コンビニの前でおばさんの注文を受けて別れる。

家に帰ったら父に焼き鳥を焼いてもらって、時計屋まで届けなければ。面倒なことを引き受けてしまったと、天はほんの少し後悔する。

小さくため息をついたとき、「天くーん！」と叫びながら駆け寄ってくる人の姿が見えた。

「舞衣さん？」

私服に着替えた舞衣が、天の前で息を切らして言う。

「ちょうど五時になったから……急いで上がってきたの」

メモを取っていたスマホで時間を確認すると、いつの間にか五時を回っていた。

今日も蟹じいに用事を頼まれ、嫌とは言えず手伝ってしまったのだ。そのせいで学校から帰るのが、いつもより遅かった。

「あの、さっきは助けてくれて、ありがとう」

　舞衣が天の前で深く頭を下げる。天は慌てて首を振った。

「いやっ、それよりコンビニのお客を、横取りしちゃったみたいで……てか、コンビニの焼き鳥ディスっちゃったし」

「ううん。天くんがいてくれてよかった」

　そして恥ずかしそうに舞衣は続ける。

「私本当にドジばっかりで。前の会社もなんにも役に立てないまま倒産しちゃって……」

「え、倒産？」

「うん。それでバイトをしながら正社員の仕事を探してるんだけど、私みたいななんのとりえもない人間を、雇ってくれるところなかなかなくて……」

「そんなことないだろ？」

　たしかに舞衣はドジで失敗ばかりで、いつもペコペコ謝っててどんくさくて……あれ、いいとこないじゃん？

　困った天の前で、舞衣がくすっと笑う。

「いいの。本当に私は役立たずなの。家でも、元気のない両親に笑ってほしくて、明るく振るまってるつもりが全部空回りで……やっぱりあの家に必要なのは、私じゃなくてあの子なのよね……」

　天がじっと舞衣を見つめた。舞衣ははっと口をふさぐ。

「あ、やだな。どうして天くんの前だとべらべらしゃべっちゃうんだろう。ごめんね、こんな話、聞きたくないよね」

ぎこちなく笑って、舞衣は肩のバッグを掛け直す。

「それじゃあ、また」

「ちょっ、ちょっと待って！」

帰ろうとする舞衣を、天が引き止めた。

「このあと……なんか用事ある？」

「ううん。ないけど」

「だったら俺んち来れば？」

舞衣が戸惑うような表情を見せ、天はすぐに付け加える。

「うちの母ちゃんが、また舞衣さんに会いたいってうるさくて。それに父ちゃんも、美味い焼き鳥作ってくれるから……」

ふわっと笑った舞衣がうなずく。

「じゃあお邪魔しようかな」

舞衣の後ろで、陽菜も笑っているような気がした。

夕暮れの町を今日は舞衣と歩いた。なんだかすごく変な気分だ。

五差路の老人幽霊は今日も立っている。声をかけたあの日から、何度もここを通っているが、幽霊は天に声をかけてこない。

あのじいさんの、思い出せない大切なものってなんだろう。そして陽菜の思い出せないものって……

歩行者信号が青になる。横断歩道を渡り切った天の後ろから声がする。

「……天くん」

とてもか細い声だ。振り返ると舞衣が立ちつくしている。

「舞衣さん？」

しばらく黙っていた舞衣が、大きく深呼吸してから口を開く。

「ちょっと……ごめんね」

そう言うとその場にしゃがみ込み、白い花に向かって手を合わせた。天はその姿を黙って見下ろす。

「この交差点で……事故があったのよね。中学生が三人、巻き込まれた」

舞衣の声に天ははっとする。

「天くんも友だちだから知ってるんでしょう？　陽菜がここで亡くなったこと」

陽菜は——やっぱりここで事故に遭ったのだ。

舞衣は花を見つめたまま続ける。

「でも私はね、この前天くんちに来るまで、ずっとここを通れなかったの」

「え……」

思わず口を開いた天の耳に、舞衣の声が聞こえる。

「ここで陽菜が亡くなったと思うと……すごく、つらくて……」

ずきっと胸が痛む。

「ごめんね……」

誰にともなくつぶやき、舞衣はじっと白い花を見つめる。

この人は、いつまでつらい気持ちを抱えて生きていくんだろう。

たぶん、ずっとだ。これから、ずっと、一生。

『あの事故にも拓実くんにも、囚われないでいいんだよ』

無理だ、そんなの。自分も、この人も、そんなふうに割り切れない。

「ごめんね、天くん」

ぼうっとしていた天の前で、舞衣がもう一度謝って立ち上がる。

「行こう。天くんち。お腹すいちゃった」

いたずらっぽく微笑んだ舞衣の前で、天は静かにうなずいた。

「あら、舞衣ちゃん？　いらっしゃーい！」

舞衣を連れて店に入ると、母が大喜びで駆け寄ってきた。

「あー、でもごめんなさいね。今日は見てのとおり、予約のお客さんで満席なのよ」

見ると店内はおじさんたちでいっぱいだ。商店街の組合員の、飲み会があるらしい。

「なんだよ、天！　かわいいお姉さん連れて、生意気だぞ！」

「いつの間にそんな色っぽいことする年になったんだ？」

「商店街走り回ってた、ちっこい悪ガキだったくせになぁ」

おじさんたちが一斉に笑い出す。どうやらすでに、酒が回っているようだ。天は口を尖らせ、昔から知っているおじさんたちに言う。

「この人は友だちの姉ちゃんだよ」

「こんばんは」

天の隣で舞衣が丁寧にお辞儀をした。

「ああ、あんた、駅前のコンビニにいる子」

「おっ、ほんとだ。お姉さん、こっちでおじさんたちと一緒に飲もうよ」

「そうそう。そんなガキといてもつまんないでしょ？」

苦笑いする舞衣の隣で、天がつぶやく。

「うるせぇな……酔っぱらいは」

「天！　あんたお客様に向かって、なんて言葉づかいしてるの！」

母にお盆で頭を小突かれる。

「いてっ」

頭をさする天を見て、舞衣がくすくす笑っている。

「天ちゃん。あんたいくつになったんだい？」

賑やかな笑い声の中から、しわがれた声が聞こえてきた。天はテーブル席に座っている、年老いた男の顔を見る。この中で一番長老の、和菓子屋のじいさんだ。

「十七」

ぼそっと答えた天を見て、じいさんが目を細める。

「そうかそうか。あれからもう四年が経ったもんなぁ……」

母がちらっと天のことを見た。

「あんたは元気でよかったよ。ほんとに」

じいさんはそう言うと、お猪口《ちょこ》を手にしてぐいっと飲んだ。天はその様子を黙って見つめる。

「あっ、ねえ、舞衣ちゃん！」

母が話をそらすように、明るい声で言った。

「よかったら二階で待っててくれない？　いまなにか作って持ってくから」

「え、そんな、悪いです」

「いいの、いいの。息子のむさ苦しい部屋で悪いけどさ。冷たいビールと美味しいおつまみ、すぐに用意するよ」

そう言って、もう一度お盆で天の頭をこつんっと叩く。

「ほら、あんたの部屋、案内してあげな、天！」

「いってぇな」

頭をさする天を見て、舞衣がつぶやく。

「いいの？　天くん」

ここで嫌とは言えないだろう。

「いいよ。べつに」

すると舞衣が、ふわっと頬をゆるめた。


部屋に入ると、天は急いで暖房をつけ、猛ダッシュで畳に散らかっているものを片づけた。こんなことになるなら、ちゃんと掃除をしておくんだった。

「どうぞ。汚い部屋だけど」

「おじゃまします」

舞衣がゆっくりと入ってくる。なんだかすごく緊張する。

そういえば陽菜が入ってきたときは、こんなに緊張しなかったな。まぁ、あいつは幽霊だし。

「あ、ここに座って」

「ありがとう」

天が用意した座布団の上に、舞衣がちょこんと座った。

天は折り畳みの小さいテーブルを開き、舞衣の前に置く。天が小さいころに使っていたもので、クマやウサギのイラストが描いてある。拓実が遊びに来るといつもこのテーブルを出して、お菓子を食べたりジュースを飲んだりしたのだ。

「うふ、かわいい」

「こんなのしかなくて」

「あ、なんか落書きがしてあるよ。天くんが描いたのかな？」

「いいよ。そんなの見ないで」

舞衣の前に天も座った。テーブルが小さいせいで、ふたりの距離が近い。

下の店から大きな笑い声が聞こえてくる。おじさんたちは盛り上がっているようだ。

なにか話しかけないと……と思いながら向かい合って座っていると、舞衣が先に口を開いた。

「なんか……わくわくするね」

「へ？」

思いがけない言葉に、おかしな声を出してしまう。

「天くんの部屋で、お父さんの作ってくれたお料理食べられるなんて……嬉しい」

「そっかぁ？」

「うん。わくわくするよ」

おかしな人だな。そういえば天然なところもあるんだ、この人。

「おまたせー！」

母がお盆にビールとおつまみをのせて運んできた。

「舞衣ちゃんには、まずはビールね。それから枝豆と冷奴。これはおばさんの作った肉じゃがね」

「わぁ、おいしそう」

「焼き鳥焼けたら持ってくるよ」

テーブルに手際よく並べたあと、母は天の前に空のグラスをトンッと置いた。

「あんたは牛乳買ってきたんでしょ？　それ飲んでなさい」

「は？　俺もビールがいい」

「あんたは未成年でしょうが！　バカ言ってないで、ちゃんと舞衣ちゃんのお相手するのよ」

またお盆で天の頭を軽く叩くと、母は忙しそうに階段を下りていった。

「なんか……悪かったかな。忙しい日に来ちゃって」

あ、また自分が悪いと思ってる。

「全然！　うちの母ちゃん、忙しければ忙しいほど幸せだからいいんだよ」

天はそう言いながら、グラスに牛乳を注ぐ。舞衣がくすっと笑い、ジョッキを上げた。

「本当に好きなのね。牛乳」

ちらっと舞衣の顔を見てから、天は牛乳の入ったグラスを、ビールのジョッキに軽く当てた。ガラスとガラスのぶつかり合う、透明な音が響く。

「ごめんね、私だけビールで」

天は首を横に振り、ぐいっと一気に牛乳を飲んだ。そしてグラスを置いてつぶやく。

「約束したんだ、友だちと。毎日牛乳飲もうって」

「え？」

舞衣がジョッキから唇を離し、ちょっと首をかしげる。天はパックの牛乳を注ぎながら続ける。

「俺、背低かったからさ。同じくらいのヤツに勝ちたくて、小学生のころからずっと飲んでる」

「すごい。それでこんなに大きくなったのね？」

牛乳のせいかはわからないけど、たしかに中学の後半から、急ににょきにょき伸びた。

なんだか自分が自分じゃないみたいに。

「それで天くんはその子に勝てたの？」

「えっ」

「背の高さ。どっちが勝ったの？」

嬉しそうに聞いてくる舞衣から視線をそらした。グラスの中で、真っ白な牛乳がゆらゆらと揺れている。

「そいつ……死んじゃったから」

「え……」

「だからどっちが勝ったか、永遠にわかんねぇ」

舞衣が息を呑んだのがわかった。

「さっきの五差路で、俺の親友も事故に巻き込まれたんだ」

「じゃあ、もしかして……」

舞衣の声が耳に聞こえる。

「その子と一緒に事故に遭って、大怪我した男の子って……」

「それ、俺だよ」

顔を上げ、傷痕を指でなぞる。舞衣は呆然と天の顔を見つめている。

下の階から、大きな笑い声が聞こえてきた。それに混じって、リズミカルに階段をのぼる足音が近づいてくる。

「おまたせー、焼き鳥焼けたよ！」

「あっ、やべぇ！」

天が勢いよく立ち上がる。

「時計屋のおばちゃんに、焼き鳥頼まれてたんだ！」

「時計屋さんに？　どうしてあんたが？」

「いいからとにかく作って！　モモとねぎまとレバーとつくね、二本ずつ！　できたら俺が持っていくから！」

「あ、だったら……」

舞衣が声を上げた。

「私も行きます。もちろんこれを全部食べてから」

天が振り向くと、舞衣がジョッキのビールを勢いよく飲んでいた。

「なんだかせかしちゃったみたいでごめんね？　今度はゆっくり来てね」

「はい。ごちそうさまでした」

母に見送られ、焼き鳥を抱えてふたりで歩く。時計店は五差路のすぐ先だ。店に灯りが灯っているのが見える。

そして信号のそばにはまだ、あの幽霊が立っていた。

「天くん……ごめんね？」

「え？」

舞衣を見下ろし、この人はいつも謝っているなと思う。

「つらいこと、思い出させちゃって」

舞衣は赤く灯った信号をじっと見つめている。

「俺は……大丈夫」

そう言いながら、なんとなく陽菜のことを思う。「大丈夫じゃないのに、大丈夫って言う」と言われたことを。

「思い出したっていうか、いつでも忘れたことないんだ」

本当は、ここを通るたび。

牛乳を飲むたび。

最後に見た、あいつの大人びた顔が浮かんでくる。

舞衣がはっとした顔で天を見る。

「舞衣さんも……そうなんだろ？」

黙って天を見つめたあと、舞衣が静かにうなずく。

「うん。忘れたことなんて、一度もない。陽菜のこと」

歩行者信号が青になる。ふたりで足を一歩踏み出す。

時計屋のおばさんに焼き鳥を届けたら、すごく喜んでくれた。舞衣はまた頭をぺこぺこ下げていた。

「これからは品切れにならないよう気をつけます」

「いいわよ、もう。たまたま売り切れってこともあるわよね。それよりあんたたち、どういう関係なの?」

話が面倒になりそうなので、天は「じゃ、さよなら」と言い、舞衣を引っ張って時計屋を出た。

駅まで歩き、踏切を越え、公園を抜ける。

今夜も舞衣の家は、真っ暗だった。あの家には「おかえり」と言ってくれる人がいるのだろうか。

「送ってくれてありがとう、天くん。またコンビニでね」

「うん。また」

舞衣は小さく手を振ると、真っ暗な家にひとりで帰っていった。

＊

「天ちゃーん！」

その日、学校帰りのコンビニの前に、陽菜がいた。陽菜に会うのは何日ぶりだろう。

天は周りに誰もいないことを確認すると、早足で陽菜のそばへ近づいた。

「お前っ、いきなりいなくなるなよ。成仏しちゃったかと思っちゃうだろ」

怒鳴りたくなるところを、抑え気味に言う。

「えー、天ちゃん。もしかしてあたしに会えなくて寂しかった？『また来るよ』って言ったのになー。人間にモテちゃう幽霊って、つらいわー」

けらけら笑っている陽菜をにらむ。

「誰が幽霊なんか好きになるか」

陽菜の笑顔が一瞬曇る。その顔がものすごく寂しそうに見えて、天は慌てて言い直す。

「いや、いまのはべつに……俺はお前が幽霊だからってわけじゃなく……」

すると陽菜がにかっと笑って、肘《ひじ》で天をつついてきた。

「わかってるって！　あたしだって天ちゃんなんか好きにならないから安心してよ！」

当たった肘が冷たい。ちらっと陽菜を見ると、陽菜も天を見ていた。天はさりげなく視線をそらす。

「と、とにかく……勝手にいなくなるな。心配するから」

「誰が？」

「誰って……俺しかいねーだろ！」

「キャー、やっぱり天ちゃんは、あたしの天使だね！」

キャーキャー騒いでいる陽菜の隣で、天はため息をつく。

めんどくせぇ……

すると陽菜が、にこっと微笑んでこう言った。

「天ちゃんにはさ、お姉ちゃんと仲良くなってほしかったんだよ。だからふたりだけにしてあげたんじゃん」

陽菜が天の顔をのぞき込んでくる。

「なかなかいい感じになってきたよね？」

「なにがだよ。言っとくけど俺、姉ちゃんにそういう感情、いっさいねーからな」

「あはは、むきになっちゃってー。かわいい！」

陽菜が天の鼻の頭を、ちょんちょんっとつつく。天はその手を払いのける。

「お前、中学生のくせに生意気なんだよ！」

「あたし中学生じゃないよ。天ちゃんと同じ十七歳だもん」

ああ、そうか。生きていれば、だけどな。

口を結んだ天の前で、陽菜が笑う。

「あたしは天ちゃんに、お姉ちゃんとつきあってほしいんだ」

「だから勝手に決めるなって」

「お姉ちゃん、パッと見は地味だけど、よく見ると童顔でかわいいでしょ？　いまだに高校生に間違われるの。だから天ちゃんと歩いてても、全然違和感ないよ？」

「そういう問題じゃない」

「でも自分ではその魅力に気づいてないからさ。またあのチャラ男みたいなやつに引っかからないよう、天ちゃんに守ってもらいたいの」

天はふんっと顔をそむける。

「それは姉ちゃんが決めることだろ」

陽菜が口を開いたまま、天を見る。

「誰とつきあうかは、姉ちゃんが決めることだ。お前が決めることじゃない」

一瞬の沈黙のあと、陽菜が言った。

「天ちゃん……意外とカッコいいこと言うね」

「は？」

「やっぱり天ちゃんは、あたしの天使だー！」

「うわっ、やめろって！」

抱きついてきた陽菜の体を必死に引き離す。陽菜の体はやっぱり冷たい。人間ではないという現実を、これでもかと突きつけられているようだ。

「あれ、もしかして、天？」

その声に、はっと振り向いた。

「やっぱり、天だ。お前ひとりでなにやってんの？」

自転車を押しながら立っている、三人の高校生。紺色のブレザーにエンジ色のネクタイは、市内にある大学付属の私立高校の制服だ。

そしてその先頭に立ち、天に声をかけてきたのは、同じ小学校だった矢口隼人《やぐちはやと》。

ヤバい。いつから見られていたんだろう。ひとりでしゃべっていた姿、見られただろうか。

「久しぶりだな。元気そうじゃん」

「あ、ああ……」

隼人が自転車を止めて、近づいてくる。他のふたりも一緒に来る。

「こいつら覚えてる？　中学で一緒だった」

ようっと軽く手を上げた、ふたりの顔を見る。たしか小学校は別で、中学で一緒になったヤツらだ。よく覚えていないけど。

「俺は覚えてるぜ。あんた富樫だろ？　けっこう有名だったもんな」

なにが有名だよ。入学式に車に轢《ひ》かれて、一緒に轢かれた友だちが死んで、一年間学校休んで、顔に傷つくって戻ってきたヤツだからか？

そんな言葉を全部呑み込み、天はできるだけ明るい声を出す。

「あー、そんなに有名だった？　俺」

「ああ、有名だったよ。なぁ、隼人？」

隼人は少し口元をゆるめただけで、話をそらした。

「天。電車で高校通ってんだっけ？」

「うん」

「いままでなんで会わなかったんだろな。こんな近くに住んでんのに」

隼人は天の家の少し先にある、坂の下のマンションに住んでいて、小学生のころはよく一緒に遊んだ。

「俺が部活やってないからだろ？」

隼人たちは校名入りの、サッカー部のリュックを背負っている。きっといつも帰りが遅くて、学校が終わればすぐに帰ってくる天とは、時間が合わないのだろう。

「あ、そうか。俺たち今日部活休みなんだ」

「で、暇だから、コンビニのお姉さんを見にきたってわけ」

4月は続刊2冊刊行!!

「妖しいご縁がありまして 常夜の里と兄弟の絆」

著◆汐月詩　装画◆紅木春　価格:792円(本体720円+税⑩)

離れていても、決別しても、それでも家族だよ!

町の皆の記憶を取り戻したもののその黒幕の正体が分からない八重子たち。一応の平穏を取り戻した日常にまたもやある事件が!?　二紫名と八重子の過去に迫る怒涛の第3巻!

既刊好評発売中!

1巻「妖しいご縁がありまして お狐さまと記憶の欠片」
価格:759円(本体:690円+税⑩)

2巻「妖しいご縁がありまして わがまま神様とあの日の約束」
価格:770円(本体:700円+税⑩)

4/20発売!!

「鎌倉硝子館の宝石魔法師 雨の香りとやさしい絆」

著◆瀬橋ゆか　装画◆前田ミック
価格:803円(本体730円+税⑩)

あなたの心の痛みは、美しさと輝きの原石。

人が心の中に必ず持つ、唯一無二の「心の宝石」を鑑定&メンテナンスする「宝石魔法師」がいる、鎌倉の不思議なガラス雑貨専門店。通り雨の降る日、彼らのもとに一人のお客様が現れて——。人気シリーズ待望の第2弾!

既刊好評発売中!

1巻「鎌倉硝子館の宝石魔法師 守護する者とビーナスの絵筆」
価格:770円(本体:700円+税⑩)

コンテンツ満載の公式サイトはこちら▶▶▶▶▶▶▶▶▶▶

新刊&既刊、フェア、サイン本情報など最新情報をお届け。ことのは文庫公式SNSもチェック!

(株)マイクロマガジン社　〒104-0041 東京都中央区新富1-3-7ヨドコウビル

その声に、天は顔を上げる。

「コンビニのお姉さん？」

「ああ、ここにかわいい店員がいるんだってさ」

「サッカー部の先輩が大騒ぎしてたんだよ」

まさか。舞衣のことじゃないだろうな。でも他にこのコンビニに、若い女はいない。

「天、知ってる？」

「え、いや……知らね」

つい言ってしまった。ちらっと周りを見てみると、いつの間にか陽菜の姿は見えなくなっていた。

気を遣って離れているのだろうか。それともまたどこかへ行ってしまったのだろうか。

「じゃあ一緒に見に行こうぜ」

ひとりの男が天の腕を引っ張る。

「えっ、俺も？」

「どうせ暇なんだろ？」

「見るだけならタダだぞ？」

背中を押されて、いつの間にかコンビニの中に入ってしまう。

レジには今日も舞衣がいて、一瞬合った目をすぐにそらした。

「あのレジの人だろ？　思ったより地味だな」

「でも、よく見るとかわいいよ。ほら、笑った顔とかさ」

男同士で雑誌コーナーの前に集まって、ちらちらとレジに立つ店員を確認する。

隼人たちの先輩が言っていた「かわいい店員」というのは、やはり舞衣のことだったようだ。

「先輩部活引退してから、毎日来てるらしいぜ。彼女に顔を覚えられて、話しかけてもらえるようになったって」

「え、すげーじゃん」

「今度マジで告ろうかなって言ってた」

「先輩ならいけるんじゃね？　イケメンだし」

隼人たちの声を聞きながら、天は手に取った雑誌をぱらぱらとめくる。会計を終えた人に「ありがとうございました」と言う、舞衣の声が聞こえる。

「あー、いいよな。顔がいいヤツは」

「だよな。やっぱ顔だよ、顔！」

天は雑誌を元の場所に戻すと、隼人たちに言った。

「俺、もう帰るわ」

「え、そう？」

「じゃ」

短く告げて三人から離れる。痛むはずのない顔の傷が、うずうずと疼《うず》く。

自動ドアが開く前に、一瞬だけ後ろを振り返ると、黙ってこちらを向いている舞衣の顔が見えた。


コンビニの外へ出ても、陽菜の姿はなかった。

どこに行ったんだろう。まぁあんなやつ、いなくてもいいけど。

ふうっと小さく息を吐き、商店街のほうへ歩き始める。すると後ろから自転車のベルがチリンッと鳴った。

「おーい、天！　俺も帰るよ！」

振り返ると自転車に乗った隼人が、天に笑いかけてきた。

「久しぶりだな。天と一緒に帰るの」

自転車を押す、隼人と並んで歩く。商店街の歩道は、買い物客で賑わっている。

「そうだな」

ぽつりとつぶやく天の耳に、隼人の声が聞こえてきた。

「あいつらさ、悪気はないんだ、全然。だから、気にするなよ?」

一瞬ぎゅっと、心臓をつかまれた気がしたけど、なんでもないふりで答える。

「顔の傷のこと? だったらべつに気にしてないし」

隼人が力なく微笑んで、それから覚悟を決めたように口を開く。

「それと……中学のころさ。俺、天のこと無視してたよな。ごめん」

そういえばそんなこともあった。だけど謝ることじゃない。

べつにいじめられていたわけではないし、隼人だけではなく他の生徒も、あのときは天に関わりたくなかっただけなのだ。

友人が命を落としたという、中学生にとって衝撃的だった事故は、少なからずみんなの心に傷を残していた。だから事故に関係のあるものは、自分の周りから、できるだけ遠ざけたかったのだろう。そうやって自分を守りたかったのだろう。

いまになれば天も、そんなふうに考えられるようになっていた。だから——

「そんなの、もう忘れたよ」

隼人がまた少し笑って、天から目をそらす。並んで歩くふたりの前に、赤い歩行者信号が見えてくる。

「天。俺さ」

横断歩道の手前で立ち止まり、隼人が言う。

「この前、拓実の墓参り、行ってきたんだ」

「え……」

つい顔を向けてしまった。隼人の口からそんな言葉が出るとは思っていなかった。

隼人は前を見たまま、ぽつぽつと話し始める。

「拓実の家、引っ越しちゃっただろ？　お墓もそっちにあってさ。最近会ってなかった雅《まさ》樹《き》や洸介《こうすけ》たちも誘って、一緒に行ってきたんだ」

「そう……なんだ」

出した声がかすれていた。口の中がカラカラに乾いている。

隼人、雅樹、洸介、そして拓実と天。小学生のころ、毎日のように遊んでいた仲間だ。クラスが違っても、昼休みになると必ず校庭に集まって、ドッジボールをした。

「そのあと拓実の両親にも会ってきたんだけど。おばさんもおじさんも、喜んでくれたよ？」

ごくんと唾を飲み込もうとしたが、上手くできない。

「天ちゃんにも会いたいって……おばさん言ってた」

「……そう」

隼人が天の顔を見る。

「天……」

歩行者信号が青に変わった。隣に立っていた小学生くらいの子どもたちが、声を上げながら走って渡り始める。だけど天も隼人も足を止めたままだ。

「俺、知ってるよ。あの日拓実が事故に遭ったのは、自分が誘ったせいだって、天が思ってること。自分だけ助かったのは、悪いと思っていること」

天はうつむいて足元を見下ろす。

病院で目覚め、拓実の死を知らされた天は、自分を責めて周りの人を困らせた。そうやって後ろを振り返っていることで、現実から目をそむけたかったのだ。

それがそのころの天にとって唯一の、自分を守れる方法だった。

「だけど拓実のおばさんもおじさんも、そんなこと思ってないよ。もちろん拓実も」

子どもたちのはしゃぎ声が遠ざかっていく。代わりに隼人の声が、すぐそばで聞こえる。

「だからさ、天も行ってやれよ、拓実のとこ。おばさんたちにも会って……」

「嫌だ」

隼人が息を呑んで、天を見つめる。

「嫌だ。俺は行かない」

「天……」

「ごめん。先帰る」

再び点滅を始めた信号機に向かって、走り出す。目の前で、老人の幽霊がこっちを見ている。天のことを、憐《あわ》れむような表情で。

「ウザい。こっち見んな」

吐き捨てるように言って、通り抜けた。自転車の隼人は追いかけてこない。

すぐに見慣れた居酒屋の看板が見えてきて、天はその中へ駆け込んだ。


サイアク。もう。消えたい……

「ほんと、天ちゃんって、サイアクだよねー」

机から勢いよく顔を上げると、上から見下ろしている陽菜の顔が見えた。天は机に肘をつき、くしゃくしゃと髪をかき回す。

「天ちゃんのことを想ってくれた、数少ない友だちに、あんなこと言うなんてねー」

「うっせぇな」

陽菜は机の上に座っている。天は顔をそむける。

こいつ、いつの間に人の部屋に……てか、隼人とのやりとり、見ていたのか？

「天ちゃんはいつまで、そうやっていじけてるつもりなのかなぁ？」

「黙れ」

「うるさい。嫌だ。黙れ。ウザい。あー、やだやだ。あたしの天使だと思った天ちゃんが、そんなこと言うなんて」

天はため息をついて、口を開く。

「だったら俺なんかに期待すんな。姉ちゃんを幸せにしたいなら、他のヤツに取り憑けよ」

陽菜が黙った。天は頭をかきながら、机の上を見上げる。陽菜はじいっと、天の顔を見つめている。

「なんだよ。文句あるのか？」

「うん。ある」

陽菜がまっすぐ天を見て言う。

「他のヤツじゃだめなの。天ちゃんじゃなきゃ」

「は？」

「お姉ちゃんを守ってあげられるのは、天ちゃんしかいないの」

「なんでだよ」

陽菜が黙った。天は陽菜をにらみつける。

「なんで俺じゃなきゃだめなんだよ」

自分の気持ちもコントロールできない、こんなどうしようもないヤツが、他の人を守れるわけなんてない。

「それは、あたしもわからないけど……でも、たぶん……」

陽菜が窓から顔を出し、下を見下ろす。

「お姉ちゃんが、天ちゃんを必要としてるから」

「え？」

天は陽菜の視線を追った。

薄暗くなった空。居酒屋の灯りがほのかに灯る歩道。そこに立っている人の姿。

「舞衣さん……」

つぶやいた声が届いたように、舞衣が顔を上げ、静かに微笑んだ。


「来ちゃった」

階段を駆け下り、店の外へ飛び出した天を見て、舞衣がはにかむように笑った。

二階の窓から舞衣のことを見下ろした陽菜は、そのままどこかへ消えてしまった。

「バイト終わったから……特に行くところもないし……」

ぼんやりと立っている天の前で、舞衣が続ける。

「今日、店に来てくれたでしょ？　お友だちと一緒だったね」

「あ、ああ……」

誰かとあのコンビニに行くのなんて、はじめてだった。

「だから話しかけないほうがいいかなって思ったんだけど……」

舞衣が、持っていた袋をすっと差し出す。

「牛乳。買っていかなかったよね？」

「あっ」

そうだった。なんとなくあの場所にいたくなくて、逃げるように外へ出てしまったのだ。

「だから、これ。よかったら」

舞衣からコンビニの袋を受け取る。中にはいつもの牛乳が入っていた。

「あ、私が勝手に買ってきたんだから、もちろんお代はいらないよ。ほら、天くん、毎日飲んでるって言ってたし、ないと困るかなって思っただけで……」

天はじっと袋の中を見つめたあと、舞衣に向かって言った。

「ありがとう。助かる」

舞衣がほっとしたように頬をゆるめる。天は黙ってその顔を見つめる。

『お姉ちゃんが、天ちゃんを必要としてるから』

陽菜の言葉。そんなの、ありえないって思うけど。

「天くん？」

舞衣の声にはっとする。

「なにかあった？」

「え？」

「今日、なんだか元気ないね？」

子どもみたいにいじけていた自分を、見透かされてる？

「私でよかったら話してね。あ、私なんか、あんまり役に立たないと思うけど。でもいつも天くんに助けてもらってばかりだから……」

「舞衣さんも」

舞衣の言葉をさえぎるように、天が言った。

「なにかあったら俺に話して。少しは役に立てるかもしれないから」

「天くん……」

ぼうっと天を見つめたあと、舞衣がくしゃっと笑顔になる。

「ありがとう」

こんな無邪気な顔は、姉妹でそっくりだ。

「あと！　男には気をつけろよ？」

「男？」

「たぶんどっかの高校のサッカー部のヤツが告白してくると思うけど、よく考えて。嫌だったらちゃんと断れよ。断ったら悪いとか、そういうの考えないで、嫌だったらほんとに……」

目の前で舞衣がくすくす笑っている。

「どうしたの？　天くん。必死になって……」

「わ、笑い事じゃねぇ！　あんたは気づいてないんだよ！」

「なにが？」

　きょとんとした顔で舞衣が顔を上げる。天はじっとその顔を見つめてつぶやく。

「自分がすごく……モテるってこと」

「ええっ？」

　素っ頓狂な声を上げたあと、また舞衣は笑い出す。

「私がモテるわけないじゃない！　天くんってば、おかしい」

　笑い続ける舞衣を見ながら、天はため息をつく。

　やっぱりこの人はわかってない。きっと中学時代も高校時代も、そうやって過ごしてきたんだろう。

「もういいよ。寄ってく？」

　天は灯りのついた店を指さす。舞衣が笑うのをやめて、小さく首を横に振る。

「ううん、今日は帰る」

「じゃあ、送ってく。ちょっと待ってて」

　天は店に駆け込み、もらった牛乳を冷蔵庫に押し込んだ。

「天？　誰か来てるの？」

「舞衣さん。ちょっと送ってくる」

「あら、寄ってけばいいのに」

母の声には答えずに外へ出る。

「気をつけるのよ！」

事故のあとから何度も聞いた声が、背中に響いた。


駅への道を舞衣と歩く。まだまだ風は冷たく、商店街を歩く人々も、寒そうに背中を丸め足早に去っていく。

「今日、一緒にコンビニにいたヤツらさ」

天は前を見たまま、ぽつりと話し始める。

「中学の友だちなんだ」

「そう」

舞衣が天の横顔を見る。

「その中のひとりは小学校から一緒で、よくこのへん走り回ってた」

大人も子どもも顔見知りばかりで、店の前で騒いでは、おばさんやおじさんに怒られていたことを思い出す。

「そいつがさ、この前話した事故で死んだ拓実の墓参りに行ったんだって」

さっき聞いた隼人の言葉。

『天も行ってやれよ、拓実のとこ』

冷え切った手を、ぎゅっと握りしめる。

「でも俺はまだ一度も行ったことなくて……いや、行けなくて……」

ずっと胸にため込んでいた想いを、白い息と一緒に吐く。

「ひどいだろ？　親友だったのに」

バスが車道を通り過ぎる。歩く人を縫うように、自転車が歩道を走ってくる。

舞衣はなにも言わず、天の声を聞いていた。

「行けないんだ、どうしても。あの日、俺が誘ったせいで拓実が死んだとか、俺が死ねばよかったとか、拓実の両親に悪いとか……そういうんじゃなくて……ただ……」

真っ暗な闇。消えてしまった拓実。

「ただ、拓実がもういないっていう現実を、受け入れるのが怖くて……」

魚屋の前で立ち話しているおばさんたちが笑っていた。天は気づかれないよう、そっと顔をそむける。

帰ってきてくれてよかった。元気でよかった。両親も、商店街の人たちも、みんなそう言ってくれる。だけど拓実は戻ってこない。

拓実は——どこにいるんだろう。

柔らかいものが、天の手に触れた。驚いて、隣を歩く舞衣を見る。舞衣は前を見つめていた。天の手を、ぎゅっと握りしめて。

いつものコンビニが見えてきた。駅からは何人もの人が出てくる。踏切の警報音が遠く響いて、冷たい風がふたりの間に吹く。

舞衣は天を、責めることも、慰めることもしなかった。ただ手を握って、こう言った。

「天くん。いままでそれ、誰にも話してなかったの？」

天は黙ってうなずいた。

「そう……」

目の前で警報機の赤い色が点滅している。

「私に話してくれて、ありがとうね」

舞衣の隣で、深く息を吐いた。少しだけ、ほんの少しだけ、心が軽くなる。

電車が通り過ぎ、遮断機が上がった。止まっていた人と車が動き出す。天と舞衣も、手をつないだまま歩き始める。

「あの……」

踏切を渡り切ったところで、天がつぶやいた。

「あっ」

舞衣が握った手をぱっと離して立ち止まる。

「ごめんなさいっ！　やっぱり嫌だったよね！」

自分で手を握っておいて、慌てている舞衣。この人は本当に、四歳も年上なんだろうか。

「舞衣さん」

「ごめんねっ、本当にごめんねっ」

真っ赤な顔であせっている舞衣を見たら、おかしくて噴き出してしまった。

「わかってねぇなぁ……ほんとに」

そう言って、今度は天のほうから舞衣の手を握る。

「えっ、天くん？」

「嫌なわけないだろ」

顔をのぞき込んだら、舞衣がもっと赤い顔をしていた。天は顔をそむけ、舞衣の手を引いて歩く。

「あったかいな……」

その手は陽菜の手とは違って、とてもあたたかい。

「うん。あったかいね」

舞衣がつぶやいて、天の手をそっと握り返した。

駅前の道路を渡って、公園に入る。この時間、遊んでいる子どもたちの姿はないが、学校帰りや会社帰りの人たちが、近道をするためにけっこう歩いている。

池のそばのベンチが見えた。あのチャラ男を追い払った日を思い出す。あれから約十日。

こうやって手をつないで、ここを歩いているなんて……

『あたしは天ちゃんに、お姉ちゃんとつきあってほしいんだ』

陽菜の言葉を思い出し、天は慌てて首を振る。

べつにこれはそういう意味じゃない。この人とそんな関係になるつもりはない。ただなんとなく流れで、こうなってしまっただけで……

「なんだとっ！　このオヤジ！」

突然大きな叫び声が聞こえた。舞衣の肩がびくんっと震え、天も思わず立ち止まる。

公園の出口のあたりで、ふたりの男がもみ合っている。

「ふざけんなっ！」

若い男が怒鳴って、中年男を突き飛ばした。そばにいる数人の人たちも、なにごとかと立ち止まったり、逃げ出したりしている。

「喧嘩？」

つぶやいた天の手から、舞衣の手が離れる。

「お父さん……」

「え？」

突き飛ばされた中年男が、地面に倒れた。その男の服を、若い男がつかみ上げる。舞衣は唇を震わせながら、その姿を見つめている。

「やめて……やめて……」

そしていきなり走り出すと、もみ合うふたりの間に飛び込んだ。

「舞衣さんっ」

「やめて！　やめてください！」

若い男が手を離し、舞衣のことをにらみつける。舞衣は倒れている男の前に立ちはだかった。

「お願いです。やめてください。うちの父なんです」

「因縁つけてきたのはそっちだぞ！」

「ごめんなさい。許してください」

舞衣が若い男の前で何度も頭を下げている。いつもと同じように。

「ちっ、今度会ったら殺すぞ」

男が捨て台詞を吐き、ふたりから離れた。そして突っ立っている天を一瞬にらんでから、駅のほうへ去っていく。

「お父さん……」

舞衣が倒れている男に手を伸ばす。けれど男はよろよろと立ち上がり、舞衣の体を突き放した。

「余計なことするんじゃない！」

よろけた舞衣を無視して、男が歩き出す。天は思わず、舞衣のもとへ駆け寄った。

「舞衣さ……」

「来ないで！」

はじめて聞く強い声に、天はびくっと足を止めた。

「お願い。来ないで」

舞衣は天から顔をそむけると、男に駆け寄り、寄り添うように公園から出ていく。

「なんで……」

ふたりの姿を見つめながら、天はその場に立ち尽くしていた。

＊

学校帰り、駅舎から出ると、どんよりと曇った空から白いものが落ちてきた。

「雪？」

二月の終わり。三月になれば暖かくなるだろうと期待を込めていたのに……まだまだ冬は終わってくれないらしい。

天は背中を丸め、コンビニへ向かう。

「よっ！」

するとコンビニの前で、陽菜が軽く手を上げた。

「よう……」

天はぶすっとしたまま、陽菜につぶやく。

「久しぶりだな」

「そうだね」

「現れたり消えたり、めんどくさいヤツだな」

天の言葉に陽菜がくすっと笑う。

「うん。なんか最近ね、自分の意思とは関係なく、消えちゃうことがあるんだよね」

「消えちゃう？」

天は顔を上げて陽菜を見た。陽菜はにっと笑ったまま、小さくうなずく。

「目の前が真っ暗になったと思ったら、ふっと意識がなくなってさ。気づいたらまたここにいるんだけど、数日間の記憶がないんだ。死んでるのに、おかしいでしょ？」

なんだ、それ。

「たぶんあたしはこの世にもあの世にもいられなくて、意識がない日が増えていって、このまま天ちゃんの前からも、消えちゃうんじゃないのかなぁ……」

天は思わず陽菜の手をつかんだ。

「だめだ！　そんなの！」

陽菜がきょとんとした顔で、天を見る。

「それ、きっとヤバいやつだ。お前がちゃんと成仏しないで、こんなところでいつまでもうろついてるから……このままだと、お前マジで消えちゃうぞ？」

「うん。それでもいいよ」

陽菜がそう言って目を細める。

「いいわけねーだろ！」

「ヘンなの。なにムキになってるの？　天ちゃん」

陽菜がくすくす笑う。

「あたしみたいな幽霊とは、関わりたくなかったんでしょ？」

天の胸にその言葉が刺さる。陽菜はすっと天から離れた。冷たい感触が、天の手のひらから消える。

「天ちゃんがお姉ちゃんを守ってくれれば、あたしはどうなってもいいよ」

雪のちらつくコンビニの駐車場で、陽菜が制服のスカートを揺らしてくるっと回る。

「それを見届けるまでは、意地でもここにいるけどね」

天はぼんやりとその姿を見つめながらつぶやく。

「なぁ、俺が捜してやるよ」

動きを止めた陽菜が、不思議そうに天を見る。

「お前の思い出せない大事なことってなんなんだ？　それを思い出せれば、お前は成仏できるんだぞ」

「あたしのことはいいって言ってるじゃん。天ちゃんはお姉ちゃんのことだけ考えてれば……」

「考えてるよ！」

思わず叫んでしまった。コンビニから出てきた会社員が、ちらっと天のほうを向き、見てみぬふりをするように去っていく。

天は少し声を小さくして陽菜に言う。

「考えてるよ、ちゃんと姉ちゃんのこと。考えながら、陽菜のこともなんとかする」

「天ちゃん……」

「姉ちゃんのことは心配しなくていいから。お前はそろそろ自分のこと考えろ」

「あたしのこと？」

「そうだよ。お前が思い出せないこと、教えろよ。俺がなんとかしてやるから」

陽菜が天の前でうつむいて、小さく笑う。

「幽霊なんか嫌いなくせに……ヘンな天ちゃん」

空から白い雪が舞い落ちる。あの日舞っていた桜の花びらのように。


「あたし、覚えてないって言ったでしょ？　事故の前後のこと」

コンビニの庇《ひさし》の下。その一番端っこに座り込み、天は陽菜の声を聞く。

「ああ、言ってたな」

「あたし、あの日、誰かに大事なものを渡そうとしてたんだと思う。きっとこの手でその大事なものを持ってた」

「大事なもの？」

陽菜がうなずき、ポケットからスマホを取り出す。

「これはポケットの中に入ってたんだけどね。大事なものは事故の衝撃で飛ばされちゃったみたい」

陽菜が持っていた大事なもの？

「たぶんそれがなにかを思い出せば、あたしはあの世に行けるんだと思う」

「じゃあそれを捜そう。姉ちゃんに聞けばなにか手がかりがつかめるんじゃないか？」

「だめだよ！　そんなのお姉ちゃんに聞いたら！」

陽菜が必死な顔で止めてくる。

「お姉ちゃんはいまでもひとりで泣いてるの。あたしのことが忘れられないの。でもそれじゃだめなんだよ。お姉ちゃんはもう、あたしに囚われてほしくない」

天はごくんと唾を飲んだ。

「だからお姉ちゃんには、あの日のことなんか思い出してほしくないの」

「でも……」

「それにやっぱりあたし、お姉ちゃんから離れたくないのかもしれない。成仏なんかしないでいいから、消えちゃうまでここにいたい」

陽菜が天を見て、にこっと笑う。

「ここには、天ちゃんもいるし」

天はじっとその笑顔を見つめてから言う。

「だめだ。俺はお前をちゃんとあの世に送り届ける。絶対消したりしない」

陽菜はしばらく黙ったあと、少し笑ってつぶやいた。

「やっぱり天ちゃんはヘンだ」

ヘンになったのは誰のせいだ。

陽菜をコンビニの外に残して、自動ドアを開ける。ちらっとレジを見ると、おどおどと客に対応している舞衣の姿が見えた。

天は小さく息を吐く。

あの夜、舞衣に「来ないで」と言われてから、ちゃんと話をしていなかった。牛乳を買うとき、レジで会ってはいたけれど、舞衣が話しかけてくることはなかった。

でも今日は……思いきって誘ってみようと思っている。

この前、天の気持ちを軽くしてもらったように、少しでも舞衣の力になりたい。もしかしたら拒否されるかもしれないけど……いや、考えてても仕方ない。ここは行くしかない。

天は牛乳パックをつかむと、舞衣のいるレジへまっすぐ向かった。

「あ……」

レジカウンターにパックを置いた。舞衣がぽかんと口を開けて固まっている。

「これ、ください」

「え、あの……」

舞衣がまたおどおどしている。やっぱり避けられているのだろうか。

「これ！　ください！」

「い、いいんですか？　これで」

舞衣の声に視線を落とす。カウンターの上にある牛乳パック……いや、それは牛乳ではない。

「これ、飲むヨーグルトですけど」

「あっ」

はじめてだ。こんな間違いをしたのは。

「いやっ、これでいいんだ！」

強引に切り抜けようとしたら、舞衣がくすっと笑った。

「取り替えてきたら？　素直に」

舞衣の隣で、店長も笑っていた。


こそこそと商品を交換しレジに戻ると、舞衣が穏やかな顔で微笑んでいた。

「はじめてね。天くんが間違えたの」

天はちらっと、バーコードを読み取る舞衣の姿を見る。いま店内に天以外の客はいない。

言うならいましかない。

「舞衣さん！」

舞衣が不思議そうに顔を向ける。

「今日このあとヒマ？」

「え……」

「終わったらうちの店に来ない？」

手を止めた舞衣が、困った顔をしている。

「ていうか来てくれ！　仕事終わるまで外で待ってるから！」

言った。言ってしまった。舞衣の顔がほんのり赤くなっているのがわかる。

「おー、天くんやるねぇ」

すると横から店長が口を出してきた。

「舞衣ちゃんモテるよねぇ。この前もサッカー部の男の子に声かけられてたし」

「えっ」

天が顔を上げると、舞衣がさらに困ったように「店長！」と止めた。

「もしかして告ってきたのか？　そいつ」

きっと、隼人の言っていた先輩だ。舞衣が天から顔をそむけ、レジからお釣りを出す。

「仕事中です」

「他に客いないだろ」

「そういう問題じゃないです」

舞衣が天にお釣りを渡してくる。イライラしながらそれを受け取る天に向かって、店長がにこやかに告げる。

「まぁまぁ、続きは外でゆっくり話したら？　もう五時だし」

レジにある時計を見ると、ちょうど五時になったところだった。

雪のちらつく駐車場で、舞衣が出てくるのを待った。

外にいるはずの陽菜はいなくて、少し心配になる。また消えてしまったのだろうか。だとしたら、早く陽菜の忘れた記憶を取り戻さないと。

「天くん」

はっと顔を上げると、コートを着てマフラーを巻いた舞衣が出てきた。少し怒った顔をしている。

「天くんは、もっと常識のある人だと思ってた」

「え?」

「お店であんなことを聞くなんて」

「いいだろ。あのくらい」

むすっとした天を、舞衣がにらむ。

「で、告られたの?」

「言わない」

「は?」

「天くんには言わない」

「なんだよ、それっ!」

舞衣がくるっと背中を向ける。ベージュのコートと淡いピンク色のマフラーがふわっと揺れる。

「教えろよ」

舞衣が歩き出す。駐車場の外灯に雪がキラキラ光っている。

「気になるじゃん」

気になる？　どうして気になるんだろう。

「教えろって……」

もしその男と舞衣がつきあうことになったら……

「舞衣さん！」

舞衣の肩がかすかに揺れて、ゆっくりと後ろを振り返った。黒い髪に、雪の結晶が光っている。

すると、立ちつくす天の前で、舞衣がつぶやいた。

「断ったよ」

肩の力が抜け、冷たい空気の中に息を吐く。そんな天を見て、舞衣が静かに微笑んだ。

「嫌なら断れって天くんに言われたから……ちゃんと断ったよ」

「そっか……ならいいよ」

もう一度、深く息を吐いた天の前に、舞衣が立つ。そしてその指先で、天の鼻の頭をつんつんっとつついた。

「雪、ついてる」

目の前に見える笑顔は、やっぱり陽菜に似ている。

「陽菜みたいなことするなよ」

ついつぶやいた天の声に、舞衣がぱっと指を離す。

「陽菜にも……されたの？」

「あ……うん、昔……だけど」

「そっか……」

舞衣がほんの少し口元をゆるめて言う。

「これから、天くんちに行ってもいい？」

天は舞衣の顔を見た。

「父のこと……聞きたいんでしょう？」

この前の父子の姿を思い出し、胸が痛む。そんな天の前で、舞衣が小さく微笑んだ。

「私も天くんに、聞いてほしいことがあるの」

天は黙って、舞衣の髪に落ちる白い雪を見つめていた。

『居酒屋とがし』のふたつのテーブル席は、客で埋まっていた。天は知らなかったが、何度か来たことのある客のようで、母は楽しそうに会話している。

カウンターに座っているのは、天と舞衣。舞衣の前にはビールのジョッキ、天の前には今日もグラスに入った牛乳が置かれている。

「どうぞ」

カウンターの奥から、父が焼き鳥ののった皿を差し出す。

「ありがとうございます」

舞衣はにっこり微笑んでそれを受け取る。父は小さく頭を下げると、すぐに調理場のほうを向いてしまった。

「いただきます」

天の隣で舞衣が焼き鳥に口をつける。天はちびちび酒……ではなく牛乳を飲みながら、さっきから待っていた。舞衣が自分から話してくれるのを。

「この前は……ごめんね」

焼き鳥を一本たいらげたあと、やっと舞衣が話し始めた。天は顔を上げ、隣の舞衣を見る。

「恥ずかしいところ、見せちゃったよね」

天は首を横に振った。

「そんなことない」

舞衣が天を見て、静かに微笑む。

「あれがうちの父なの。仕事をしないで昼間からお酒を飲んで、公園をぶらぶらして誰彼かまわず絡んでる。近所でも有名になっちゃって、母はもう父と口をきかない」

ふうっと息を吐き、舞衣が串を皿に置く。

「でもね、悪い人じゃないんだよ？　この前だって、酔いが覚めれば私に謝ってくれた。だけどこんな私たちを陽菜が見たら、悲しむよね、きっと」

天は黙っていた。陽菜は家族が壊れてしまったことを、もう知っている。そして姉のことを心配している。陽菜が幽霊になって彷徨っていること、この人に話したら信じてくれるだろうか。

「だから、陽菜のためにも、元に戻りたかったんだけど……やっぱりだめなの。私じゃ」

舞衣が前髪をくしゃっと握って、頬をゆるめる。

「陽菜じゃなきゃだめなの」

天はなにも言えなかった。きっとなにか言わなきゃいけないんだろうけど、なにも言えなかった。

「もう……元に戻るのは無理かもしれないなぁ……」

舞衣がひとりごとのように言って、ビールを一気に飲んだ。そして「はーっ」と大きく息を吐き、天に告げる。

「だからね、天くん。私決めたんだ」

「決めたって……なにを？」

「私、あの家を……それから、この町を出ようと思うの」

「え……」

この町を出る？　舞衣がここからいなくなる？

呆然とする天の前で、舞衣が静かに微笑む。

「今度ね、面接受けに行く会社があるんだけど……ここからすごく遠い町の会社なの」

天は黙って舞衣の声を聞く。

「まだ受かるかわからないけど、受かったら引っ越そうと思ってる」

牛乳を飲もうとグラスに手を伸ばした。だけどその手がみっともなく震えている。

舞衣がそんなことを言い出すなんて、想像もしていなかった。

舞衣はいつまでもあのコンビニにいて、いつまでたってもドジばっかりしていて、天は毎日牛乳を買いにいって……そんなことを繰り返しているうちに、少しずつ舞衣が笑ってくれればいいと思っていた。

「でも陽菜は……」

勝手に口が動いていた。

「陽菜のことは、もう……」

舞衣が話すのをやめ、天を見る。天は手のひらで自分の口元を覆う。

なに言ってるんだ。舞衣はもう陽菜に囚われず、前に進もうとしているんじゃないか。陽菜だって、それを望んでいた。だったら自分がすることは——

「いや……それが、いいと思う」

舞衣が天の顔を見つめている。

「陽菜もそう言うと思う」

「……うん」

頬をゆるめた舞衣が、小さくうなずく。

「ありがとうね。天くん」

だけど舞衣の声に、天はうなずくことができなかった。

そのあとは母が舞衣に話しかけてきて、天が口を挟む隙がなかった。母と話す舞衣は楽しそうに笑っていて、もう過去はふっきれたように見えた。

『忘れたことなんて、一度もない。陽菜のこと』

いつか聞いた言葉を思い出しながら、グラスに口をつける。

「おい、空だぞ。それ」

父の声が聞こえて、はっとした。グラスの中は、たしかに空っぽだ。

父はそんな天を、カウンターの向こうから、あきれたように見下ろしている。

「父ちゃん。俺にビールくれ」

こういうときは、ヤケ酒と決まっている。

天の声に父は冷蔵庫を開けると、一リットルの牛乳を取り出し、カウンターの上にどんっと置いた。

「男なら、しっかりしろ」

なんだよ、それ。意味わかんねぇ……

グラスに牛乳を注ぎながら、隣に座る舞衣を見る。母のほうを向いている舞衣は、やっぱり笑っているようだ。

いいんだ、これで。舞衣はもう、天がいなくても大丈夫。嫌なことは断れるようになったし、自分の道を歩き始めた。陽菜の願いは叶ったのだ。

『天ちゃんはいつまで、そうやっていじけてるつもりなのかなぁ？』

「うるさい。いじけてなんかいないぞ」

グラスの牛乳を一気に飲み干し、カウンターの上に音を立てて置く。

「ぷはーっ」

父が怪訝《けげん》そうに天を見ている。

「舞衣さん。そろそろ帰ろう」

天の声に、母と話していた舞衣が振り返る。そんなふたりの前で、天は勢いよく椅子から立ち上がった。

あとは陽菜を、成仏させてやるだけだ。


店の外はまだ雪が降っていた。天はぶるっと肩をすくめる。

「ごちそうさまでした」

「また来てね、舞衣ちゃん。気をつけて」

舞衣が母に挨拶をして店から出てきた。外で待っていた天と目が合い、にこっと微笑む。

「楽しかったー！　いっぱい飲んじゃったなぁ、今日は」

両手をぐーんと夜空に伸ばしている舞衣は、たしかにいつもより機嫌がいい。

「酔ってんのか？」

「酔ってないよー」

店の前の白くなりかけた歩道で、舞衣がくすくすと笑う。

「やっぱり酔ってるよ」

この町を出ていくことが、そんなに嬉しいのか？

そしてそんなふうに考えている自分が、情けなくて嫌になる。

天は黙って舞衣の隣を歩いた。商店街を通り、踏切を渡り、公園に入る。

舞衣は機嫌良さそうに、空を見上げたり、鼻歌を歌ったりしている。

だけどそんな舞衣を見れば見るほど、胸の奥がもやもやしてきた。

「あのさ」

舞衣に向かって、天は思い切って口を開く。

「ひとつ、教えてほしいことがあるんだ」

「うん？　なぁにー？」

陽菜のことを聞かなくては。陽菜が亡くなった日のことを。

『だめだよ！　そんなのお姉ちゃんに聞いたら！』

陽菜の声が頭をよぎる。だけどそれを無視して天は言う。

「陽菜が亡くなっ……」

「あっ、ブランコ！」

舞衣が突然叫んだ。公園の中の児童広場にある、ブランコを指さしている。

「あれ、乗ろう！　ねっ、天くん！」

「え……」

「行こう！　こっち、こっち！」

雪のちらつく暗闇の中、舞衣がブランコに向かって走っていく。

やっぱり酔ってるな……あの人。

「そんなに走ったら、危ねぇぞ！」

天が怒鳴った瞬間、こてんっと漫画みたいに転んだ、舞衣の姿が見えた。


「いったーい……」

「だから言っただろ」

子どもか？　天は地面に座り込んでいる舞衣のもとへ駆け寄る。

「酔ってるのかなぁ……私」

「どう見ても酔ってるよ」

あきれた顔で天が言う。舞衣は「えへっ」とおどけた調子で笑った。

「なんだか今夜は飲みたかったんだよねぇ……」

そしてよろよろと立ち上がりながら、ひとりごとのようにつぶやく。

その様子が危なっかしくて、天は支えるように、舞衣の背中に触れた。

「自分で決めたことなんだよ？　仕事探してこの町出るって。でもそれって結局は逃げるってことなんだよね。あの家族から……」

「そんなことねぇよ。舞衣さんは間違ってない」

舞衣が天の隣でくすっと笑う。

「それにやっぱり私、ここから離れたくないのかもしれないなぁ……」

舞衣がはあっと、白い息を吐く。天は目を細めた舞衣の横顔を、黙って見つめる。

たしか陽菜もそんなことを言っていた。『やっぱりあたし、お姉ちゃんから離れたくないのかもしれない』と。

このふたりの絆は、本当に強い。

「ね、ブランコ乗ろう。天くん」

「危ないからやめとけって」

「大丈夫。静かにこぐから」

ふふっと笑った舞衣が、ブランコに腰かけた。そして地面を蹴り、そっと揺らす。キイッと錆びた音が、静かな公園に響いた。

「天くんも乗って」

「はいはい」

天は言われたとおり、隣のブランコに座る。ブランコに乗るなんて、何年ぶりだろう。

そういえばよくここで、拓実や隼人と遊んだっけ。

「私ね、小さいころいつも、この公園で陽菜と遊んでたの」

かすかにブランコを揺らしながら、舞衣がつぶやく。

「私はブランコが好きだったなぁ……天くんは？」

「え、ああ、俺は……」

ブランコを立ち乗りして、誰が一番高くこげるか競争した。こげばこぐほど空に近くなって……手を離せばそのままの勢いで、空まで飛んでいけるんじゃないかなんて思っていた。

「俺もブランコかな」

「あっ、おんなじだね！　子どものころはぐんぐん高くまでこいでたよね。いまは怖くてできないけど」

舞衣がこっちを向いて、無邪気な顔で笑う。天はさりげなく視線をそらす。そんな天の耳に、舞衣の声が聞こえてきた。

「じゃあ天くんは、ここで陽菜と遊んだこともある？」

胸がどきっとした。そんなのあるわけない。陽菜と友だちだったなんて、嘘なんだから。

「天くんと陽菜って、小学校が違ったでしょ？　どこで知り合ったの？」

「どこでって……」

急にそんな質問は困る。もっとよく、陽菜と相談しておくんだった。

「ここだよ」

咄嗟に言ってしまった。

「ここに友だちと遊びにきたとき、陽菜と知り合った」

「へぇ、そうだったんだ」

舞衣が納得したようで、ほっとする。天もゆらゆらとブランコを揺らした。

「じゃあ……」

舞衣は一旦そこで言葉を切り、また続けて言った。

「じゃあ陽菜と、このブランコで遊んだ？」

「え、ああ、もちろん」

「高くまでこいだり？」

「競争したりな」

「陽菜、男の子にも負けなかったでしょ」

「そうそう。女のくせにぶっ飛んでたよ」

陽菜が得意になって、思いっきりブランコをこいでいる姿が頭に浮かぶ。

舞衣はくすっと笑うと、足をついてブランコを止めた。そして静かに天のほうを向いて言う。

「嘘でしょ？」

天も足をついた。ざざっと砂をこする音がする。

「え？」

隣を向くと、舞衣がじっと天を見ている。

「嘘だよね？　それ」

急に心臓がざわめき出した。鎖を握る手に、汗がじんわりとにじんでくる。

「陽菜はね、元気で男勝りだったけど、ブランコだけは乗れなかったの。私がどんなに誘っても怖いからやだって言って。友だちと遊ぶときも、ブランコだけは避けてた」

舞衣の声が天の胸を、チクチクと刺してくる。

「ねぇ、天くん？　どうして嘘をつくの？」

舞衣に見つめられて、視線をそらせない。

「私と陽菜はなんでも話してた。学校のこと、友だちのこと、好きな子のこと。陽菜の友だち関係は全部知ってた。でも他の学校の男の子と友だちになったなんて話、一度も聞いたことない」

鼓動がどんどん速くなる。

「天くんは本当に、陽菜の友だちだったの？」

冷たい風が吹き、粉雪がはらはらと舞った。天にはそれが、舞い散る桜の花のように見えた。あの入学式の日の——

「本当のことを言っても……信じてもらえないと思ったから」

かすれる声で答えた。

「だから……友だちだったなんて、嘘をついた」

そんな嘘、つくんじゃなかった。最初から、本当のことを言えばよかった。

この人ならわかってくれる。きっと自分のことをわかってくれる。

天は鎖をぎゅっと強く握り、舞衣に向かって声を出した。

「俺、幽霊が見えるんだ」

舞衣の顔色が変わる。

「陽菜の幽霊が見える。言葉も話せる。陽菜はずっとコンビニの前で、お姉さんのことを見てた。ずっと心配してた。いまだって心配してる」

舞衣の唇が震えている。けれど天は続けて言う。

「コンビニにいた男の写真を撮ったのも陽菜だ。お父さんとお母さんのことも気にしてる。成仏せずにいつまでもこんなところにいたらだめなのに、お姉さんが心配で離れられない」

「う……そ……」

「嘘じゃない。俺は陽菜に頼まれたんだ。お姉ちゃんを守ってって」

舞衣が目を見開いて天を見た。そしてゆっくりと立ち上がる。

「そんなの……信じられない」

「信じられなくても本当なんだ」

天も立ち上がった。けれど舞衣は、天を避けるように歩き出す。

「待てよ！　舞衣さん！」

走って舞衣の腕をつかんだ。振り向いた舞衣は、泣き出しそうな顔で言った。

「私のこと、からかってるの？」

「え……」

「私がぼうっとしてるからって、頼りなくて情けないからって……亡くなった陽菜をネタにしてからかうなんて、ひどい！」

呆然とした天の手を、舞衣が振り払った。

「か、からかってなんかない」

舞衣が唇を噛みしめ、顔をそむける。

「だったらそっちだって、いつから嘘だと気づいてたんだよ！　気づいてたなら、もっと早く言えばよかっただろ！」

つい叫んでしまった。舞衣の視線がもう一度天に戻る。

「気づいてても……信じたかったのよ」

舞衣の震える声が聞こえる。

「私、嬉しかったから。天くんがここで言ってくれたこと……すごく嬉しかったから」

ここで言ったこと？　天ははっとする。

あのチャラ男を追い払った日。天は言った。

舞衣さんを、守るためにきた、と。

「だから、嘘でもいいって思ってた。きっかけなんてどうでもいいって……それなのに、陽菜の幽霊が見えるだなんて……私のことバカにしてるの？」

「してない。本当に見えるから言ったんだ」

もう一度触れようとした手を、振り払われた。

「もう信じられない。天くんのこと」

天はぎゅっと唇を噛む。舞衣は天の顔を見ないまま、逃げるようにその場を去っていく。

雪のちらつく中、消えていく舞衣の背中。

どうしてこんなことになってしまったんだろう。どこで間違えてしまったのだろう。

「陽菜……」

天は空を見上げてつぶやく。

「お前、どこにいるんだよ……」

しかし陽菜はやっぱり、現れてくれなかった。

第三章　届けたい想い

騒がしい笑い声が廊下の向こうへ消えていくと、教室の中は静まり返った。少し開いた窓から冷たい風が吹き込み、カーテンがゆらゆらと揺れる。

「ん？　富樫じゃないか。なにやってる？」

窓際の席に座って、ひとりでぼうっとしていた天に声をかけてきたのは、蟹じいだった。

天は面倒くさそうに、教室のドアを見る。蟹じいは「いい話し相手を見つけた」とでもいうように、にこにこしながらひと気のない教室に入ってくる。

「めずらしいな。いつもはさっさと帰るヤツが」

「先生には関係ないだろ？」

ぼそっとつぶやいた天の前で、蟹じいが立ち止まる。

たしかに授業が終わると同時に、いつも天はさっさと教室を出ていく。おもしろくもないこの場所に長居はしたくなかったし、早く行きたい場所があった。

舞衣と陽菜がいる、あのコンビニだ。

しかし陽菜は最近すっかり姿を見せないし、舞衣とは顔を合わせづらくて、店の中に入っていけない。

舞衣と喧嘩別れしたあの日から、天はふたりに会っていなかった。

「ほれ、これ、飲みなさい」

蟹じいが持っていたパックの牛乳を、天の机の上に置いた。天は顔をしかめる。

どうして牛乳なんか持ち歩いているんだよ、このじいさん。

そんな天の心の声が聞こえたかのように、蟹じいが説明する。

「準備室の冷蔵庫に入れていたやつだからな。大丈夫。傷んでない」

「いらねぇよ。先生のだろ？」

天が牛乳を押し返す。

「いやいや、お前さんが飲みなさい。イライラしているときは牛乳が一番。私はこの学校の生徒全員に牛乳を薦めたいね」

蟹じいがはっはっはっと笑う。

なにがおかしいんだか。意味わかんねぇ。

「べつにイライラなんか、してねぇし」

天は蟹じいから顔をそむけ、窓の外を見る。運動部が掛け声を上げながら、走っているのが見える。

「まぁ、ストレスを人にぶつけるタイプの人間も問題だが、内にため込んでしまうタイプの人間も問題だからな。なにかあったら言いなさいよ」

蟹じいはもう一度牛乳を天のそばに置き直し、教室を出ていこうとする。

天はその足音を聞きながら、ぽつりとひとりごとのようにつぶやく。

「本当のこと言ってるのに信じてもらえなかったら……どうすればいい？」

蟹じいが立ち止まったのがわかった。天は耳だけをそちらへ向ける。

「難しい質問だね」

蟹じいが答えた。

「でもどうしても信じてもらいたいのなら、伝え続けるしかないのではないかな？」

天はゆっくりと蟹じいを見る。蟹じいはいつもと変わらず、のんびりとした口調で言う。

「心にため込んでいるだけじゃ、絶対に伝わらない。でも何度もチャレンジすれば、きっとわかってくれるときがくる」

その声を聞きながら思い出す。

『もう信じられない。天くんのこと』

舞衣に言われた言葉。舞衣は信じてくれなかった。

でもあきらめなければ、いつか信じてもらえるのだろうか。

「まぁ、頑張りなさい。お前さんたちはまだ若い」

蟹じいはにこりと天に笑いかけると、そのまま教室を出ていった。

電車に乗って、いつもの駅で降りる。今日も電車を二本、乗り遅れてしまった。

ポケットに手を突っ込み、白い息を吐く。三月に入ったというのに、やっぱりまだ寒い。

天がもう一度息を吐いたとき、コンビニの駐車場の隅でうずくまっている、セーラー服の少女が見えた。

「陽菜っ！」

思わず叫んで駆け寄った。静かに顔を上げた陽菜が、天に向かってにっこり微笑む。

「天ちゃん……久しぶり……」

だけどその声に元気はない。体もなんとなく薄くなっている気がする。

「大丈夫か？　お前、もしかして消えそうなんじゃ……」

「うん、そうだね。そろそろ寿命なのかも。あ、寿命っておかしいか。あたしもう幽霊なんだっけ」

力ない笑い声が、冷たい空気にぎこちなく浮かぶ。

コンビニから、高校の制服を着たカップルが出てきた。同じ飲み物を飲みながら、寄り添い合うようにして、駅のほうへ歩いていく。

「あたしも一度でいいから、普通の女の子がするような恋愛してみたかったなぁ」

天はちらりと陽菜を見る。陽菜はふたりの背中を目で追っている。

風が吹き、セーラー服の襟がかすかに揺れた。陽菜の制服は真新しいままだ。もうこの制服で学校に行くこともできないし、誰かと恋愛することもできない。

天はすっと視線をそらす。なんだかすごく胸が痛い。

すると陽菜が、天の隣でいたずらっぽく言った。

「あたし、男の子に壁ドンとかされてみたかったよ。あ、あとお姫さま抱っこも！」

「あんなのは漫画の中だけの話だ。実際やってるヤツなんかいねぇよ」

「え、そうなの？　高校生になったら、みんなやってるんじゃないの？」

「やるわけねぇだろ。お前は漫画の読みすぎだ」

天の声に、陽菜がふふっと小さく笑う。

「そっかぁ……でもやっぱり、一度くらいはされてみたかったなぁ……」

遠くを見つめる陽菜の姿は、冷たい空気の中に、いまにも溶けてしまいそうだ。

舞衣と喧嘩なんてしている場合ではない。早く陽菜の忘れてしまった記憶を捜さなければ。そうしないと陽菜は――

「天ちゃん、あたしがいない間、お姉ちゃんと喧嘩した？」

陽菜の声にはっとする。

「お姉ちゃんに会ってないんでしょ？　なにかあったの？」

天は少し黙ってから、ぽつりとつぶやく。

「姉ちゃんにバレた。お前と友だちじゃなかったこと」

「え……」

「それで俺が正直に、陽菜の幽霊に会ったこと話したら、バカにしてるのって怒られて」

ぷっと陽菜が噴き出す。天は陽菜をにらみつける。

「お前……なに笑ってんだよ？」

「だって……お姉ちゃんらしい」

陽菜がくすくすと笑っている。

「笑い事じゃねーんだよ！　俺は嘘つきな上に、姉ちゃんをからかったことになってるし……あー、もうどうしたらいいんだ！」

頭を抱えた天に、陽菜が言う。

「天ちゃんは、お姉ちゃんを守ってあげて」

「こんな状態で、そんなことできるか！」

「でも……」

陽菜が視線を遠くに向ける。その視線を追いかけると、コンビニの裏口から出てきた舞衣の姿が見えた。

「え……」

けれどその姿を見て、天は呆然とする。

「ね？　お願い。お姉ちゃんのこと、守って……」

声が途切れる。振り向くと、陽菜の体がどんどん薄くなっていく。

「陽菜っ！」

「大丈夫だよ、あたしは。まだ完全に消えたりしない」

そして手を伸ばすと、天の背中をそっと押した。

「あたしのことはいいから、お姉ちゃんのところへ行ってあげて。お願い」

とんっと体を押された瞬間、陽菜の姿が見えなくなった。

「陽菜……」

呆然とつぶやいたあと、天はぎゅっと手を握って叫んだ。

「なんとかするから！」

陽菜の声は聞こえない。

「お前のことも、姉ちゃんのこともなんとかするから！　だからそれまで絶対消えるなよ！」

そう言うと天は背中を向けて、舞衣のもとへ駆け寄った。

裏口から出てきた舞衣に駆け寄ると、舞衣は驚いた顔で天を見た。けれどすぐに顔をそむけ、早足で立ち去ろうとする。

「舞衣さん！」

けれど天は全速力で駆け寄り、舞衣の前に立ちふさがる。舞衣は足を止め、首に巻いているマフラーを鼻の上まで押し上げた。

「どうしたんだよ、その怪我！」

舞衣の頬には白いガーゼが当てられていた。マフラーをつかんでいる袖口から、手首についた包帯が見える。

「天くんには……関係ない……」

「関係ある！」

天の声に舞衣が顔を上げる。

「俺は陽菜に頼まれたから」

まっすぐ舞衣の顔を見つめて言った。

「陽菜に……お姉ちゃんを守ってって、頼まれたから」

舞衣がさらにマフラーで顔を隠す。

「だから俺は舞衣さんを守りにきたんだよ」

天は舞衣の手首を、そっとつかむ。

「どうしたんだよ、これ」

「……転んだの」

「嘘だろ？」

天は思い出していた。父親に突き飛ばされていた、舞衣の姿を。

「本当のこと、言ってよ」

舞衣はかすかに息を吐き、消えそうな声で答える。

「父が、お酒に酔って……私が家を出る話をしたら、お前は俺を見捨てるのかって怒って……もみ合ったとき、ガラスにぶつかっちゃったの」

天は唇を噛みしめて、舞衣の手首についた白い包帯を見つめる。

「でも、大丈夫だから。酔いが覚めたら父も正気に戻って、病院に連れてってくれたし」

「大丈夫じゃないだろ？」

天がつぶやく。

「こんな目に遭って……全然大丈夫じゃないだろ」

しかし舞衣は天の手を、そっと払った。

「いいの。もう天くんには頼らないから。だから私のことは気にしないで」

舞衣が足を踏み出す。けれどもう一度、天は舞衣の前に立ちはだかる。

「俺のこと、まだ怒ってるんだろ？」

舞衣はなにも言わない。

「陽菜と友だちだって、嘘ついたのは謝るよ。ごめん」

天は舞衣の前で、頭を下げた。

「でも俺、舞衣さんのことからかってなんかない。幽霊が見えるのは本当なんだ。信じてもらえないかもしれないけど、本当に陽菜の幽霊が見えるんだ」

そう言って、まっすぐ舞衣のことを見た。舞衣は天の前でうつむいている。

「だけど陽菜は、消えちゃうかもしれない」

舞衣の表情がかすかに揺れる。

「あいつあの世に行けずに、ずっとこの世を彷徨っていたから……このままだと消えちゃうんだ」

静かに舞衣が顔を上げた。

「だから俺は、陽菜にちゃんと行くべきところへ行ってほしいって思ってる。このままどこへも行けずに消えちゃうなんて、絶対だめだ」

天はそう言うとひとつ息を吐き、舞衣を見つめた。舞衣は黙って、立ちつくしている。

心臓がまたドキドキしてきた。やっぱり信じてもらえないかもしれない。いい加減にしろと怒られるかもしれない。でもこの想いを口にしないと、絶対伝わらないから……

「それに俺、舞衣さんにも元気になってほしい。最初は陽菜に『お姉ちゃんを守って』なんて言われて、仕方なくだったけど……」

ぎゅっとこぶしを握って、舞衣に伝える。

「でもいまは自分でそうしたいと思ってる。舞衣さんがずっと笑っていられるように、俺が守ってあげたいって思ってる」

舞衣が顔を上げて天を見た。途端に恥ずかしさが込み上げてくる。

頭が熱でぼうっとしてきて、目をそらしたいのにそらせない。

「天くん……」

舞衣の声が聞こえた。

「私、わかってた。天くんが、私をバカにしたりする人じゃないってこと。でも急にあんなこと言い出すから、びっくりしてつい……」

すると舞衣が天の前で頭を下げた。

「ごめんなさい。怒ったりして」

天は慌てて、もう一度頭を下げる。

「いや、謝るのは俺のほうだ。ほんとにごめんなさい」

ゆっくりと顔を上げると、舞衣と目が合った。照れくさくなって頭をかく。

「俺、舞衣さんの家に行くよ。そんで舞衣さんがあの家を出ること、お父さんとお母さんに納得してもらう」

しかし舞衣は首を振った。

「大丈夫。うちのことは私がなんとかするから」

「でも……」

「恥ずかしいけど、うちの両親はとっても弱いの。お父さんはお酒に逃げてて、お母さんも現実から逃げてる。だから私が強くならなきゃって思ってるの。まだまだだけど」

そう言って舞衣は小さく笑う。

「だから、これは私にやらせて。時間がかかるかもしれないし、元へは戻れないかもしれないけど……少し距離を置きながら、ゆっくりわかり合っていきたいの」

しばらく黙った天が、うなずいた。

「舞衣さんが、そう言うなら」

そしてそっとその手をつかむ。

「でも絶対無理しないこと。つらくなったら俺に言えよ。俺じゃ、頼りないかもしれないけど」

「ううん。頼りになるよ、天くんは」

舞衣が微笑んで、天の手を握り返した。そして少し目を伏せて、つぶやく。

「ねぇ、陽菜の幽霊は……いまここにいるの？」

「いや、いまはいない。でもいつもお姉さんのことを見守ってる」

「そう……私にも幽霊が見えればよかったのに……」

舞衣が深く息を吐いた。

「私、陽菜を助けたい。ずっと私を見守っていてくれたから、陽菜は幽霊になっちゃったんでしょう？　私が陽菜にできることはない？」

そうだった。早く陽菜を助けないと。

天はうなずいて、舞衣に向かって言う。

「陽菜が亡くなった日のこと、教えてほしいんだ」

舞衣がじっと天を見つめる。

「陽菜はあの日、自分がなにをしようとしてたのか、覚えてなくて。でもそれを思い出さないと、あいつはあの世に行けない」

舞衣が口を結んだ。天はその口が開くのを、黙って待つ。

「陽菜が事故に遭った日は……」

やがて舞衣の声が、静かに天の耳に流れてきた。

「私の誕生日だったの」

「誕生日……」

天がごくんと唾を飲む。舞衣は天に視線を移し、小さく微笑む。

「陽菜は私のプレゼントを買いに行った帰りに、事故に遭ったの」

そうか。陽菜は舞衣にプレゼントを渡そうと思っていたのだ。

「で、そのプレゼントって？」

舞衣が黙った。そして少しの沈黙のあと、小さくつぶやく。

「それが……わからないの。どこにも見つからなくて」

「見つからない？」

「現場にそれらしきものが残ってなかったの。いくら捜しても」

そんな……だったら陽菜が最後に持っていたものがわからない。

きっとそれが、陽菜の大事な記憶。姉のために買った、そのプレゼントが。

「たしかに買ったんだよな？　プレゼントを」

「買ったと思う。お財布にレシートはなかったけど……でも買ったはずなの」

舞衣が顔を上げて天を見た。

「入学式の最中にね、プレゼントを買っていなかったことを思い出したらしいの。それで帰ってきたら制服のまま、買い物に出かけたって母が言ってた。事故に遭ったのは家へ向かっている途中。なにかを買ったあとだと思うの。あの子、決めたことはちゃんと実行する子だから」

舞衣の言葉が、天の記憶をひきずり出す。

「ほんとに陽菜はバカだよね……私のプレゼントなんて、買いに行かなきゃよかったのに」

入学式。制服。姉の誕生日。プレゼント。

「ブックカバー」

「え？」

「舞衣さんって、もしかして本読むの好き？」

舞衣が戸惑いながら答える。

「う、うん。好きだけど」

心臓が高鳴る。寒いはずなのに、額に汗が浮く。

『さっきも中学生の女の子が、姉ちゃんの誕プレ買いにうちに来たからさ。それと同じやつ薦めてやったんだ。そしたら喜んで「これにする」って』

きっと制服を着ていたから、中学生とわかったのだ。そして拓実がその中学生の女の子に薦めたブックカバー。姉ちゃんの誕生日プレゼントとして……

「拓実……」

「天くん？」

天は顔を上げると、握り合っていた手に力を込める。

「来て！」

「えっ？」

「うちに来て！」

戸惑う舞衣の手を引っ張って、天は家に向かって走った。

「ただいまっ！」

「おかえり、天。あら、舞衣ちゃんも一緒なの？」

「お、お邪魔します！」

驚く母を無視し、舞衣を連れて階段を駆け上がる。

あれは、どこだ。見たくなくて。思い出したくなくて。自分が傷つくのが怖くて。見ないようにしていた——拓実からもらった誕生日プレゼント。

「ど、どうしたの？　天くん」

「もらったんだ」

「え？」

「俺もその日、誕生日で。拓実にプレゼントもらった。でも俺、そんなのいらないって……本なんか読まないし、女子と同じのなんて、カッコわりぃって……そう言った」

戸惑う舞衣の手を離し、押入れを開ける。そして顔を突っ込み、中を引っかきまわす。

たしか、ここに……

「あっ……」

天の目に、見覚えのある袋が見えた。拓実の家の、本屋の袋だ。喉の奥からもやもやしたものがせり上がってきて、吐きそうになる。

「天くん……」

小刻みに震える手で、袋を開けた。拓実にもらってから、一度も開かなかった袋を。

中から出てきたのは、見覚えのある青いブックカバー。拓実が文庫本につけていたのと同じものだ。

「これを……拓実が俺にくれたんだ」

「拓実くんが？」

天は静かにうなずくと、顔を上げて舞衣を見た。

「きっと……舞衣さんのプレゼントも同じだよ」

「どうして？」

「入学式の日、拓実が言ってたんだ。拓実んちの本屋で、女の子がお姉さんのプレゼントに、ブックカバーを買ったって」

舞衣の顔色が変わる。

そうだ。それが、陽菜が最後に手にしていたもの。

「じゃあ……それはどこにあるの？」

舞衣の声が震えている。

「それは、どこにいっちゃったの？」

天はぎゅっと唇を結び、拓実にもらったブックカバーを見下ろす。

陽菜が最後まで大事に持っていたプレゼントは、まだ舞衣に届いていない。だったら陽菜のためにも舞衣のためにも、それを見つけなければならない。

そしてそれを舞衣に渡せたとき、きっと陽菜は安心して成仏できる。

「俺が捜すよ」

「捜すって言っても……もう四年も経ったし……」

「捜さなきゃ……だめなんだ」

そうつぶやいた天の顔を、舞衣がじっと見つめてうなずく。

「だったら私も捜す。私にできることなんでも言って」

天は少し考えてから答えた。

「舞衣さんは他にやることあるだろ？」

「え？」

「就活と引っ越しの準備。それから親を説得すること」

舞衣がふっと力を抜くように笑った。

「そうだね。陽菜のことは、天くんに任せるね」

舞衣の前で、天はうなずいた。

こんなところで、つながっていた。天と拓実と、陽菜と舞衣が——つながっていた。

「不思議だね」

五差路の赤信号を見つめながら、舞衣がつぶやく。

「陽菜が、私と天くんをめぐり合わせてくれたんだね。陽菜に感謝しなくちゃ」

舞衣の隣に老人の影が揺れている。

「舞衣さん……」

言いかけて言葉を切る。まっすぐ前を見つめている舞衣の頬を、透明な雫が流れ落ちる。

「だめだね、私。やっぱり陽菜のことを考えると涙が出ちゃう。いつまでもこんなんじゃ、陽菜が安心できないよね」

舞衣が小さく笑って、ポケットから取り出したハンカチで涙を拭った。

「いや……泣きたいときは泣いたほうがいい。上手く笑えなくなっちゃうから」

母の言葉をもう一度伝える。そういえば母は、この言葉を何度も天に言っていた。だけど天は——泣いたことなど、あっただろうか。

「ありがとう、天くん」

洟をすすって、舞衣が天を見る。天はなにも言わなかった。

信号が青になり歩き出す。踏切と公園を越え、今夜も電気のついていない家の前に立つ。

「お父さん……いるのか？」

舞衣が小さくうなずく。その頬についているガーゼが痛々しい。

「大丈夫？」

「うん。大丈夫だよ」

振り向いた舞衣が、天に笑いかけた。

「じゃあ、またね」

「うん、また」

舞衣は小さく手を振ると、まっすぐ顔を上げ、ひとりで家に帰っていった。

＊

それから毎日、天は学校から帰ると、陽菜が事故に遭った場所へ向かった。

そこはいつも歩いている、あの交差点だ。

入学式の日、陽菜はここで事故に遭い、姉に渡す大事なものを手放してしまった。それは本屋の袋に入っているはずのブックカバー。拓実が選んであげたものだ。

「陽菜……」

つぶやいても陽菜は現れない。ここ数日、一度も会っていない。

まさか消えてしまったのでは……と一瞬よぎった考えを、乱暴に振り払う。

大丈夫。陽菜はまたひょっこり現れる。現れたら、なくしてしまったものを陽菜に見せたい。そして忘れていた記憶を取り戻して、あの日渡せなかったプレゼントを舞衣に届けたい。そうすれば陽菜は消えることなく、ちゃんとあの世に……

天の頭に、陽菜の無邪気な笑顔が浮かぶ。

でもあの世に行くということは、陽菜と二度と会えないということなんだ……

もう一度首を振って、その想いを振り払う。そして天はあたりを見まわした。

事故から四年。まさかこんなところに落ちているわけはない。当時、警察だって十分調べただろう。だけどひょっとしたら、意外なところにあるかもしれない。

近くの店の人にも、聞いて回った。事故のあと、本屋の袋に入ったブックカバーを見かけなかったかと。

けれどなんの情報もつかめないまま、時間だけが過ぎていく。

結局その日もなにも手に入れることができないまま、いつものコンビニに寄った。

「あれ、天くん。舞衣ちゃんならもう帰っちゃったよ」

いつもよりだいぶ時間が遅いから仕方ない。この前家に送った日から、舞衣とは一週間近く会っていない。

「最近来るの遅いね？」

天から牛乳を受け取りながら店長が言う。

「いろいろやることあって……」

「ふうん？　でも舞衣ちゃん、もうすぐここ辞めちゃうんだよ」

天はポケットから小銭を出そうとして、その手を止める。

「就職決まったんだって。それで引っ越さないといけなくなったらしくて。まぁ、最初からあの子は、就職先が見つかるまでの間っていう契約だったからね」

「そうですか……」

「知ってたの？　天くん」

「まぁ……」

あいまいに答えて、お金を渡した。

知っていた。近々こうなることは。これは舞衣が選んだ道。だから気持ちよく送ってあげないといけないんだ。

店を出ていく天に、店長が言った。

「言いたいことはちゃんと言わなきゃだめだよ！　天くん！」

背中に聞こえた声に、天は返事をすることができなかった。

外は薄暗くなっている。けれど吹く風がどこか暖かい。三月に入り、やっと春が近づいてきたようだ。

「はぁ……」

だけど気分はどうしても重い。舞衣はいなくなってしまう。プレゼントは見つからない。陽菜は現れない。

「どうしたらいいんだよ……」

天は赤信号の五差路で立ち止まった。今日も信号の横にあのじいさんがいる。

信号が青に変わり、天は歩き出した。いつものように幽霊の横を通り過ぎようとしたら、しわがれた声が聞こえてきた。

「ちょっと、あんた」

びくっとして足を止める。まさか声をかけられるとは思っていなかった。もしかしたら、天に助けを求める気になったのだろうか。

「あんた今日はひとりかい？」

老人の幽霊が、天の隣に誰もいないことを確かめる。

「ああ……」

「あの制服の子は消えかけとるな」

「えっ、じいさんわかるのか？」

「あの子は死んだのにこの世にいすぎた。早くあの世に行かせてやらんと、消えてなくなってしまう」

やっぱり、そうなんだ。

「まぁ、わしも人のことは言えんがの」

老人が天に笑いかける。天はそんな老人に聞く。

「じいさんの忘れてしまったことってなに？　俺、なんとかするよ」

すると老人が声を上げて笑い出す。

「あんたはお人よしじゃの。これ以上面倒を抱えてどうするんじゃ。自分の心も整理できておらんのに」

自分の心？

「ここで亡くなった親友のことじゃよ」

天はぎゅっと手を握る。

「幽霊だからって人の心勝手に読むなよ。俺のことはいいから、じいさんのこと教えろ。あんたも消えちまったら困るだろ？」

「そうじゃのう。唯一の頼みの綱だったあんたが、ずいぶん忙しそうだったから遠慮しとったんじゃが……そう言ってくれるなら、相談してみるかの」

老人は懐から紙の袋を取り出した。

「これじゃ」

天は目をみはった。その袋に見覚えがある。

「わしはこれを、本屋へ返そうとしていたのじゃ。だが本屋が見つからず、彷徨っているうちに倒れて病院に運ばれた。そして一度も退院することなく、死んでしまったのじゃ」

「それって……」

天が震える手を伸ばす。

「拓実の本屋の……」

「そうじゃ、本屋の袋に入っとる。中身は本のカバーじゃ」

「本のカバー……」

老人の手から、その袋を受け取る。汚れがついていて、かなりボロボロになっているが、たしかに拓実の両親が経営していた本屋の袋だ。

「だがなぜわしがこれを持っていたのか、まったく思い出せんのじゃ。おそらく大事なもので、わしは最後までこれを手にしていた。だから幽霊となったいまでも、こうやって持っていられるのじゃ」

たしかに。死ぬ瞬間まで手にしていたものでなければ、幽霊は持っていられない。

「その謎を知りたくて、最後にいた病院を抜け出し、なにかに導かれるようにここへ来た」

「そうじゃ。そしてここで、幽霊が見えるあんたと会ったんじゃ」

「導かれる？」

天は袋を見下ろし、老人に聞く。

「じいさん、これ、開けてもいい？」

老人が静かにうなずく。天はそっと袋を開けた。

「あ……」

中身は薄いピンク色のブックカバー。

「きっとわしが買ったものではないと思うのじゃ。わしは目が悪くて本など読まんし、そんな若い娘のような色に手は出さん」

「じゃあなんでこれを？」

「だからそれがわかれば、わしも成仏しておるわい」

天は袋の中になにかが入っているのに気がついた。そっと手を開いてその上で袋を振ると、ひらりと一枚、桜の花びらが落ちてきた。

「桜？」

頭に浮かぶのは入学式のあの日。

風の強い日だった。拓実と五差路を渡るとき、どこからか花びらが飛んできたことに気がついた。一瞬空を見上げ、拓実に声をかけようと前を走る背中を見て、次の瞬間大きな衝撃を受け空に飛ばされた。

そのあとは深い闇の中に落とされて、ただはらはらと舞う桜の花びらだけを見ていた。

天は手のひらの花びらと、ピンク色のブックカバーと、本屋の袋を見比べる。

心臓がざわざわと音を立てる。きっとつながっている。いまこの手にあるものと、自分の捜していたものは、きっとつながっている。

「これ、陽菜のものだと思う」

「陽菜?」

「あの制服の子だよ」

「あの子が……持ち主?」

老人は不思議そうに首をかしげている。

「じいさんはどこに住んでたんだ?」

「南口の公園のそばじゃ」

「このへんにはよく来るの?」

「いやぁ……桜の季節に桜餅を買いにくるくらいかのう。この商店街の和菓子屋の桜餅は、最高に美味いんじゃ」

桜の季節……

「陽菜がここで事故に遭ったのも、桜の季節なんだ。そのとき、持っていたはずのお姉さんへのプレゼントをなくしてしまった」

「プレゼント？」

「この本屋で買ったブックカバーなんだよ」

ふたりの脇を自転車が通り過ぎる。天は一度言葉を切り、誰もいなくなったことを確認すると、また幽霊に話しかけた。

「じいさん、なにか思い出さない？　どうしてじいさんがこれを持っているのか」

天が手の上にのせたものを、老人に見せる。

「桜の花びら……」

老人は袋から出てきた花びらをじっと見下ろしている。しばらく考え込んだあと、老人がぽつりとつぶやく。

「あの日は……風が強い日じゃった」

天は弾かれたように、老人の顔を見る。

「わしは散歩がてら、桜餅を買いに和菓子屋に来た。桜の花びらがはらはらと飛んでいた景色を、よく覚えとる。そんな花びらにうずまるように、それが店の前に落ちていたんじゃ」

事故に遭った場所から、和菓子屋まで。あの強い風の日なら、一瞬で飛ばされることもありえる。

「拾った瞬間、それが大事なものであるような気がしてのう。だから落とし主に返したくて交番に届けようとしたんじゃが、持ち帰ったまま、うっかり何年も忘れておった。わしも年でのう」

「それでずっとじいさんが持っていたのか」

老人がうなずく。

「そうじゃ、久々にこれを見つけたわしは、あの日のことを思い出したんじゃが、いまさら交番に届けても仕方ないと思ってな。捨てるわけにもいかず、だったら店に返そうと思って、北口にやってきたんじゃ。そして本屋を探している最中に倒れて……」

そういうことだったのか。天はブックカバーと花びらを丁寧に袋の中に戻す。

「じいさん。本屋はもうないんだ」

老人が目を見開く。

「いや、商店街にあったはずじゃが……」

「三年くらい前になくなったんだ」

ふうっと老人がため息をつく。

「そうか。それでなかなか見つからなかったんじゃな」

天はうなずいてから、老人に言う。

「じいさんはこれを、落とし主に返したいんだよな？」

「ああ。返せるものなら」

「返せるよ」

これは陽菜が拓実の店で、舞衣のために買ったブックカバーに違いないから。

「じいさん、ありがとう。この落とし物の記憶を、ずっと大事にしていてくれて」

天は老人の手を握った。とても冷たい手だった。

「病院から抜け出して、ここで待っててくれてありがとう。きっとじいさんは、俺に会うためにここに来てくれたんだよ」

老人が乾いた声で笑う。

「さあ、気づいたらここにおったからのう。まぁわしも、あんたに出会えてよかったよ。あんたのおかげでいろんなことを思い出せたし、落とし主にも届けてやれそうじゃな」

老人の手を握ったまま、天はうなずく。

「うん。俺、陽菜を見つけたらここに連れてくるから。それまでこれ預かってて。じいさんの手で、返してやってほしいんだ」

天は老人の手にブックカバーの入った袋を渡す。

「必ず連れてくるから」

天の前で、老人が静かにうなずく。

陽菜、陽菜。どこにいるんだ。出てきてくれ。

お前の捜していたものが見つかったよ。さぁこれを、姉ちゃんに届けよう。

もうすぐお前の願いが叶うんだぞ？　そしたらちゃんとあの世にいけるんだぞ？

「天！」

突然名前を呼ばれ、強い力で手を引かれた。

「え……」

「あんたなにやってんの！」

見ると母が真っ青な顔で自分を見上げている。

「なにって……」

「あんた誰としゃべってるの？」

母の声にどきんとする。周りを見ると、幽霊の姿はなかった。信号機の根元の白い花のそばに、天はひとりで立っている。

「拓実くんと……話してたの？」

天の腕をつかむ母の手が震えている。

「違うよ……」

「じゃあ誰と話してたの？　あんた時々そうやって、おかしな行動してるよね？」

「べつにおかしな行動なんて……」

手を振り払おうとしたが、もっと強くつかまれた。母のほうがずっと細い手のくせに。

「行っちゃだめよ」

母が言う。見たことのない必死の表情で。

「あんたは行っちゃだめよ。あっちに」

「あっちって……」

「拓実くんのいるところよ。あんたはまだ片足突っ込んでる」

そんな。そんなわけはない。

あの事故のあと、長い間入院していたけど、いまはどこも悪くない。顔に傷が残っているのと、幽霊が見えるようになってしまっただけで。自分があの世に行くなんて、ありえない。

「なに言ってんだよ、母ちゃん。おかしいのはそっち……」

言いかけた言葉が切れた。母が天の体を、思いっきり抱きしめていたから。

「な、なん……」

「天……」

こんなことをされたのは、意識が戻ったあの日以来だ。

「母さんもお父ちゃんも、あんたが帰ってきてくれてよかったって思ってる。それだけは忘れないで」

どうしてそんなこと言うんだろう……

天の体を抱きしめながら、母はあの日と同じように泣いていた。

暖簾の出ていない店の中は薄暗い。誰もいないカウンター席にひとりで座り、天はぼうっとしていた。

やがて階段を下りてくる足音が聞こえ、父が店に顔を出す。

「母ちゃんは?」

「寝たよ。最近忙しかったから、疲れが出たんだろう」

路上で息子を抱きしめ泣いていた母は、家に帰ると力なく倒れ込んでしまった。そんな母を父が部屋に連れて行き、いまやっと戻ってきたところだ。

「店、閉めちゃってよかったのか?」

「ああ、今日は客もいなかったしな。たまには早じまいもいいさ」

父はカウンターの向こうへ回り、グラスに日本酒を注ぐ。

「お前も飲むか?」

「えっ、いいの?」

「もちろん牛乳だ」

天が顔をしかめると、父はほんの少し口元をゆるめ、グラスに注いだ牛乳を天の前に置いた。

静かだった。誰もいないこの店で、父とふたりきりになるなんて、子どものころ以来だ。

そういえば昔、母に怒られると店に逃げ込んで、父の陰に隠れていたっけ。

「母さんはな」

やがて父がぽつりとつぶやく。

「ああやって明るく接客している間はいいんだが、ふと暇になると、たまらなく不安になるらしい」

「不安に？」

「息子が、帰ってこなくなるんじゃないかってな」

天が顔を上げて父を見る。

「母さんはあれで心配性だから。最近お前の様子がおかしかったし、今日もなかなか帰ってこないから、いてもたってもいられなくなったんだろう。俺は好きにさせてやれって言ったんだが、過保護と思われてもいいから見てくるって、店を出ていったんだ」

それで、見えないなにかと話している息子の姿を見て、取り乱したんだ。

「父ちゃん……俺……」

片足突っ込んでるって言った母の言葉。もしかして幽霊が見えるってことは、普通の人よりあの世に近い位置にいるってことなのだろうか。

「おばけが見えるって言ったら……信じる？」

父はなにも言わずに、グラスの酒を飲み干すと、静かに注ぎ足した。そしてそれをもう一口飲んでから答えた。

「そうだな。お前は一回死にかけたからな。そういうこともあるかもしれないな」

「母ちゃんに言ったら、なんて言うと思う？」

天の声に、父がふっと口元をゆるめる。

「母さんには言わないほうがいいだろう。いまはパニックになる」

「だよな」

「でもいつか信じてくれるだろう。息子の言うことなら」

天は小さくうなずくと、グラスの牛乳を一気に飲んだ。いつもと同じ牛乳なのに、なんだか今夜はほろ苦い。

「あんまり母さんに心配かけるなよ」

「うん」

天はそう答えると、「ごちそうさま」とグラスを父の前に返した。

狭い階段をのぼって二階へ上がる。天の隣の部屋から物音はしない。母は眠っているのだろう。

小さく息を吐き、自分の部屋へ入る。襖を閉め、なるべく音を立てずに窓ガラスを開けると、少し冷えた夜風が吹き込んできた。

「陽菜……」

ぎゅっと目を閉じると、陽菜がはじめてこの部屋に来た日のことを思い出した。

人懐っこくて、ずうずうしくて、無邪気で、けらけらよく笑う。変な幽霊。

『やっぱり天ちゃんは、あたしの天使だね！』

「天使のわけねーだろ。バーカ」

目を開けて、窓の外に向かって小さくつぶやく。

「なぁ、陽菜」

隣の部屋にいる母に、聞こえないように静かに。

「お前の大事なもの見つかったよ。あのじいさんが持ってるんだ」

だけどどこからも返事はない。

「早く出てこいよ。出てこないとお前……」

消えちゃうだろ？

窓の外へ向かって、ため息をつく。夜風が頬を叩き、天は顔をしかめた。

＊

「ううっ、寒い……」

翌朝、天は寒さで目が覚めた。気づくと窓が全開になっていて、天は畳の上に制服のまま転がっていた。どうりで寒いわけだ。でも寒さも感じないほど深く眠っていたなんて、そんなに疲れていたのだろうか。

窓を閉めようと立ち上がる。その瞬間、周りの景色がぐらっと揺れた。

なんだ……これ……目が回る。窓ガラスが、壁が、天井が、ぐるぐる回る。

やべぇ……

そう思った瞬間、頭からふらりとひっくり返った。

「あんた、熱あるじゃない！」

体温計を見下ろし、母が怒鳴る。頭にキンキン響くから、やめてほしい。

「いくら三月になったからってね、窓全開で布団もかけないで寝るなんて、まったくバカな子だよ！」

天は耳をふさぎながら、布団の中にもぐりこんだ。

「今日は一日寝てるんだよ！　学校も休んで、外へ出るんじゃないよ！」

「……わかったよ」

「まったくバカな子なんだから！」

二度も言うな。わかってる。

でも母はすっかり元気になったようだ。心の中まではわからないけど。

「ああ、あんた、なにか食べたいものある？」

部屋を出ようとした母が振り返る。

「腹減ってない」

「だめよ。ちゃんと食べなきゃ」

腹減ってないって言ってるのに。

「お父ちゃんにお粥《かゆ》作ってもらうから。ちょっと待ってなさい」

母がそう言って部屋を出ていく。トントンッと階段を下りる足音が遠ざかる。

天は布団から顔を出し、仰向けになった。

「父ちゃんのお粥か……」

子どものころ、風邪をひくとよく作ってもらった、美味しいやつだ。

天はその味を思い出しながら、ぼんやりと天井を見つめる。

『母さんもお父ちゃんも、あんたが帰ってきてくれてよかったって思ってる。それだけは忘れないで』

昨日、母から聞いた言葉が、熱を帯びた頭に浮かぶ。

「わかってるよ……」

ぼそっとひとりでつぶやいた。

「わかってるから……あと少しだけ……」

陽菜とじいさんを成仏させて、舞衣を見送ったら……

『天も行ってやれよ、拓実のとこ』

うん。行くよ。拓実に会いに。

その『お墓』という場所に、拓実がいるのかどうかはわからないけど。いや、いないような気がするけど。

でも前に進まなきゃって思ったんだ。舞衣のように。

天は静かに目を閉じる。

そういえば、舞衣は今日、あのコンビニにくるだろうか。

コンビニに行けば、会えるだろうか、舞衣にも陽菜にも。

ふたりに会いたいって、そう思った。

父のお粥を食べたあと、また眠ってしまった。何度か目が覚めたけど、熱のせいか夢と現実の区別がつかなくて、考えると頭が痛くなりそうで、強引に目を閉じてまた眠った。

どのくらいたったのだろう。突然鳴ったスマホの着信音で、天は目を覚ます。

「え？」

窓の外が真っ暗になっていることに気づいて、愕然《がくぜん》とする。たしかお粥を食べたのは朝だったはずなのに、もう夜？

「どんだけ寝てたんだ……俺」

頭をくしゃくしゃかきながら、スマホを手に取る。

「えっ！」

そしてその画面を見て、もう一度驚く。電話の相手はあの陽菜だった。

「もしもしっ、陽菜か！」

そういえば二回目にしゃべった日、陽菜とメッセージアプリで友だち登録していたんだった。こんなふうに電話ができるんだったら、もっと早くすればよかった。

「どこにいるんだよ！」

すると電話の向こうから、陽菜らしくない、か細い声が聞こえてきた。

「コンビニの前だよ……今日、天ちゃん来なかったね」

「ごめん、今日はちょっと……」

「何度も電話したんだよ？　気づかなかった？」

マジか？　熟睡してた。こんなときに限って……風邪をひいた自分を恨む。

「お姉ちゃんもいないみたい。ずっと待ってるんだけど」

陽菜は知らない。もうすぐ舞衣がコンビニからいなくなること。

天は布団の上に行儀よく正座して、陽菜に告げる。

「陽菜、よく聞けよ？　お前の捜してたもの、見つかったんだよ」

「見つかった？」

「お前はあの日、姉ちゃんの誕生日プレゼントを買って、それを渡そうとしてたんだ。思い出さないか？　北口の本屋に行ったこと」

陽菜はなにも答えない。必死に思い出そうとしているのかもしれない。

「だけどその帰りに事故に遭って、プレゼントをなくしてしまった。でもそれを持っている人がいたんだ」

「え……」

「あの五差路にいる、じいさんだよ」

「おじいさんが？」

陽菜の声が少しうわずる。

「そうだ。いまもじいさんが持ってる。だからそれをじいさんから受け取って、姉ちゃんに渡すんだ。姉ちゃんもうすぐ引っ越しちゃうけど、いまなら間に合う」

「引っ越す？　どうして？」

戸惑う陽菜に天が答える。

「姉ちゃんならもう大丈夫。ちゃんと仕事も家も自分で見つけたんだ。この町を出て、ひとりでやっていこうって前を向いてる。だから心配ない。お前は安心して成仏すればいいんだよ」

「そう……なんだ。お姉ちゃん……ここからいなくなっちゃうんだ」

しばらく黙り込んだあと、陽菜の泣きそうな声が聞こえてきた。

「でも……だめなの、あたし……天ちゃん」

「なにがだめなんだよ」

「体が動かないの。きっともう、自由に動く力が残ってないんだよ。今夜このままここで、消えちゃうのかもしれない」

「なに言って……」

「天ちゃん……」

陽菜の声が耳に聞こえる。

「ひとりは寂しいよ……」

天はスマホを握りしめて言った。

「そこで待ってろ！　いま行くから！」

「天ちゃん……」

「俺がじいさんと姉ちゃんのところまで連れてってやる。だからそこにいろよ！」

「……うん」

少しの間があって、消えそうに細い声が聞こえてきた。

「やっぱり天ちゃんは、あたしの天使だ」


襖を開けて部屋から飛び出した途端、目の前に母が立っていた。

「あっ……」

「どこに行くつもりなの？　天」

天は息を呑む。

「今日は一日家にいなさいって言ったでしょ」

「もう平気なんだ。熱も下がったし、どこも具合悪くない。元気になった」

母が冷たい目で天をにらむ。

「いま誰と話していたの？　じいさんと姉ちゃんのところって、なんなの？」

ヤバい。全部聞かれてた。

天は唇を噛みしめたあと、覚悟を決めて口を開いた。

「母ちゃん、ごめん。あとでちゃんと話すから、今日だけ行かせてくれ」

母はまだ天をにらんでいる。

「危ないことはしない。ちゃんと帰ってくる」

母の前で頭を下げる。

「だからお願いします。行かせてください」

階段をのぼる足音がして、父がふたりの姿を見比べた。

天は思い切って顔を上げ、母をまっすぐ見つめる。

「お願いだ。俺が行かなきゃだめなんだよ。俺が守ってあげないと……」

「天！　あんたって子は……」

母が手を振り上げた。殴られる……思わず目をぎゅっと閉じたが、衝撃はなかった。

「行かせてやれ」

目を開けると、母の腕を父がつかんでいた。

「その代わり、天。必ず帰ってくるんだぞ？」

父の声に天はうなずく。母はゆっくりと手を下ろし、うつむいてしまった。

「母ちゃん……ごめん」

父が母の肩を抱き、通路をあけてくれた。天は父と母に言う。

「いってきます」

「気をつけてな」

父の声にうなずき、急いで階段を駆け下りた。

店から外へ飛び出し、暗くなった歩道を走る。五差路の信号機の横には今日も老人が立っている。

「じいさん、待ってて！　いま落とし主を連れてくるから！」

「気をつけるんじゃよ」

信号が青に変わる。横断歩道を渡り、商店街を駆け抜ける。

「あら、天ちゃん。そんなに急いでどこ行くの？」

シャッターを閉めようとしていた肉屋のおばさんに声をかけられたけど、今日は相手にしている暇はない。

早く、早く行かないと——陽菜が消えてしまう。


暗闇の中に、コンビニの灯りがぽっかりと浮かんで見えた。

天は息を切らしながら、あたりを見まわす。すると建物の端っこの庇の下に、セーラー服の少女がうずくまっているのが見えた。

「陽菜！」

天の声に、陽菜が膝に押し付けていた顔を上げる。

「天ちゃん……」

陽菜が泣き出しそうな顔で、くしゃっと微笑む。その顔を見たら、思わず両手を差し出し、陽菜の体を抱きしめてしまった。

「天ちゃん？」

「よかった……まだ消えないで……」

本当によかった。

陽菜が戸惑っているのがわかる。でも天はもっと強く、陽菜の小さくて冷たい体を抱きしめた。

「天ちゃん……あたし……」

「大丈夫。連れてってやるから」

天は体を離すと、陽菜の両手を握った。そしてそのままゆっくりと立ち上がる。すると陽菜もおそるおそるその場に立った。

「行こう」

手をつないで、歩き出す。陽菜の足がふわっと動く。まるで雲のように軽いものを、この手で引っ張っているみたいだ。

「動けた……ずっと動けなかったのに」

「うん」

陽菜の表情が少しやわらぐ。

「すごい。天ちゃん、すごい」

「べつにすごくねぇって」

なんとなくできる気がしたのだ。自分なら、動けなくなってしまった幽霊を動かすことだってできる。

それはたぶん母が言っていたとおり、あの世に半分足を突っ込んでいるから。

そしてそんな自分のやるべきことは、幽霊と人間の懸け橋になること。

幽霊の望みと、生きている人間の望み。お互いの願いが叶えば、どちらも幸せになれるんじゃないか。その手助けができたらいい。たとえ少しでも。

天は隣の陽菜に「行くぞ」と声をかけ、足を速めた。

五差路の信号機の脇には、やっぱり老人が立っていた。足早に歩く人が、老人に気づかず通りすぎる。天は陽菜の手を引いて、老人の前まで連れて行く。

「じいさん。この子が落とし主だよ」

体をこわばらせている陽菜の前で、老人が柔らかく微笑む。

「これじゃよ。あんたのものじゃろ？」

陽菜はそっと手を伸ばし、老人から本屋の袋を受け取る。

「あ……」

その瞬間、陽菜の目が輝いた。

「これは……」

陽菜が汚れてしまった袋を懐かしそうに撫でる。

「思い出したか？」

天の声に、陽菜が静かにうなずく。

「あの日……これを本屋さんで買ったの。お姉ちゃんの誕生日プレゼント。中身はピンク色のブックカバー。本屋さんにいた男の子が薦めてくれたの」

陽菜の視線が天に移る。

「その子、言ってた。俺の大事な友だちにも、同じものあげるつもりだって。どうせあいつは『いらねぇよ、こんなの』って言うだろうけどって、笑いながら……」

天の胸がぎゅっと痛んだ。

「その男の子が、拓実くんだったんだね？」

じわじわとわけのわからない想いが、せり上がってくる。鼻の奥がつんっとして、目の奥が熱くなる。

陽菜は穏やかな表情で天の顔を見つめたあと、老人に向かって言った。

「おじいさん。ありがとう。あたしの大事なものを、ずっと大事に持っていてくれて」

老人が優しく微笑む。

「長い間忘れてて悪かったのう。でもあんたに届けられてよかった」

それから天に向かって言う。

「わしの忘れていたものを思い出させてくれてありがとう。これで安心して成仏できる」

天がはっと顔を上げる。老人の体が淡い光に包まれている。

行ってしまうんだ。今度こそ、本当に、この人の行くべき場所へ。

すると老人が、光の中から天に言った。

「会っておいで、あんたの大事な友だちに。そしてちゃんと伝えるんじゃ。いま思っていることを」

いま思っていることを、拓実に……

「うん」

うなずいた天の顔を見届けると、老人の体が小さな光となった。そしてその光は、吸い込まれるように夜空のかなたへ消えていった。

「おじいさん……行っちゃったね」

陽菜の声に、天は空から視線を下ろす。姉へのプレゼントを抱きしめている、陽菜の体がうっすらと透けている。

大事なことを思い出した陽菜も、あの老人と同じように光になれるはず。

でもあと少しだけ時間がほしい。最後の願いを叶えてあげたいから。

「陽菜、行こう。姉ちゃんのところへ」

　天が言った。

「あの日届けられなかったプレゼント、いまから姉ちゃんに届けてあげよう」

　その手をぎゅっとつかむと、陽菜は静かに微笑んだ。


　陽菜と手をつないで歩いた。といっても、周りからはもちろん陽菜の姿は見えない。そして不思議なことに、陽菜が大事に持っている本屋の袋も見えないらしい。でも天が手にすることはできたのだから、きっと舞衣に渡すことだってできるはず。

　陽菜の手を引き、踏切を渡った。その向こうにある大きな交差点。時間はだいぶ遅くなっていたが、まだ車の通りは多い。

　赤信号を待つ間、天はちらっと陽菜を見る。陽菜はなにかを考え込むようにじっと、赤信号を見つめている。

「ねぇ、天ちゃん」

　車が通りすぎる音とともに、陽菜の声が聞こえてきた。

「お姉ちゃん……ほんとに大丈夫かな……」

　また姉のことを心配している。自分のほうが大変な状況なのに。

「大丈夫だよ。姉ちゃんは変わったんだ。ちゃんとひとりで前に進もうとしてる」

「うん……」

天は陽菜の横顔に言う。

「言っとくけど、姉ちゃんはお前のことが、どうでもよくなったわけじゃねぇからな」

「わかってるよ。お姉ちゃんがあたしに囚われず、自分のことをしてくれればあたしは嬉しい。お姉ちゃんに会えなくなるのは、ちょっと寂しいけど」

陽菜は少し笑ってから続ける。

「でもやっぱりまだ心配なの。お姉ちゃんは大丈夫じゃなくても、大丈夫っていうから」

天はじっと陽菜を見つめたあと、すっと視線をそらす。

「心配性だな……お前も」

目の前の信号が青く変わった。

「だけどもう心配するな。舞衣さんは俺が守るから」

「え……」

「舞衣さんの笑顔を、俺がずっと守るよ」

陽菜がきょとんとした顔で、ぱちぱちとまばたきをしている。天は急に恥ずかしくなって、つい声を荒らげた。

「な、なんだよっ、その顔！　守れって言ったのはお前だろ！」

「うん」

陽菜がほっとしたように微笑み、天とつながっている手に、きゅっと力をこめる。

「ねぇ、天ちゃん。あたしがいなくなっても、たまにはあたしのこと思い出してね」

「忘れたくても忘れられねぇよ。お前みたいなヤツのこと」

「あはは、そうだね。でもさ、天ちゃんはこれからまだ生きてくわけだし、たくさんの出会いもあるわけでしょ？　そしたら幽霊のことなんか、忘れちゃうかもね」

天は黙って陽菜を見る。うっすらと透けているけど、陽菜の大きな目は、じっと天の顔を見つめている。

忘れられるわけがない。大事な人のために、こんなに一生懸命になれるヤツのこと。

「……忘れないよ。絶対」

思わずつぶやいた天の隣で、陽菜の顔が一瞬歪む。悲しそうな寂しそうな悔しそうな……どうにもならない想いがごちゃまぜになったような表情。

天はそんな陽菜を、まっすぐ見つめて伝える。

「忘れない。俺は陽菜のこと」

陽菜は一回、ゆっくりとまばたきしたあと、くしゃっといつもの笑顔を見せる。

「そんなに見つめないでくれる？　あたしのこと好きになっちゃだめだからね？」

「誰が好きになるか！　俺にもタイプってもんがある！」

陽菜が明るく笑う。

「ありがとう、天ちゃん」

天は鼻をこすって、陽菜から顔をそむける。

「やっぱり天ちゃんは、あたしの天使だね」

陽菜の声が、じんっと胸の奥に響いた。


公園を抜け、住宅地を少し歩くと舞衣の住む家が見えてきた。今日もこの家は薄暗い。舞衣はいるだろうか。舞衣の父や母もいるのだろうか。

一週間ほど前に見た舞衣の白い包帯を思い出し、天はごくんと唾を飲み込んだ。

門を開け、狭い庭を通り、玄関のチャイムを鳴らす。

「……舞衣さん？」

小声で呼んでみるが、誰も出てくる気配はない。いないのかもしれないなどと思いながら、もう一度チャイムを押そうとしたとき、ガチャンと音を立ててドアが開いた。

「あ……」

天の前に立つのは舞衣の父だった。以前公園で見かけたからわかる。

「誰だ？」

父が天をにらみつけ、低い声で言う。もちろん父の目に、陽菜は見えていない。天は慌てて、姿勢を正した。

「あ、俺、富樫といいます。舞衣さんはいらっしゃいますか？」

できる限り落ち着いた口調で話した天を、父はさらににらむ。

「舞衣はいない。あれは親を捨てるつもりなんだ」

隣に立つ陽菜が体を震わせた。父の放った姉に対する言葉が、ショックだったのだろう。

そんな姿を見たら我慢できなくなり、天は父に向かって言ってしまった。

「違います。舞衣さんはそんなつもりで出ていくんじゃないんです」

「なんだ、お前……」

「舞衣さんはお父さんとお母さんのことを、ずっと心配してます。捨てようなんて思ってません」

「うるさい！　突然家に来て、なんなんだ、お前は！　出てけ！」

父が怒鳴って、天の胸元をつかみ上げた。家の奥から母らしき人が出てきたけど、なにもしようとせず、呆然と玄関の様子を見ている。

天は父につかまれたまま、ふたりに向かってつぶやいた。

「あんたたちがそんなんだからいけないんだ……」

「なんだと！」

父が殴りかかってきそうな勢いで叫ぶ。父からは酒の臭いがする。

陽菜が亡くなったとき、舞衣はまだ高校生。本当だったら家族で悲しみを分かち合っていかなきゃいけないのに、彼女はずっと、こんなめちゃくちゃな父と、それを止めようともしない母と暮らしていたんだ。

「少しは舞衣さんの気持ちも考えてやれよ！　大人のくせに、なにやってんだよ！」

「このガキ……」

父がこぶしを振り上げた。殴られる。

覚悟した瞬間、父はその手を止めた――いや、止められたのだ。陽菜に。

「な、んだ……？」

父がこぶしを振り上げたまま、首をひねる。父の手は、陽菜が歯を食いしばってつかんでいる。

どうしてだ？　幽霊は幽霊を見ることができない人間に、触れられないはず。つまり陽菜が父の腕をつかむことはできないはずなのに。

陽菜の強い想いが、通常以上の力を出させているのだろうか。

天はぐっとこぶしを握って、つぶやいた。

「陽菜が……いるんだ」

天の声に、父と母の顔色が変わる。

「陽菜がその手を止めてくれた」

「え……」

父が呆然と自分の手を見つめる。力が抜けたその手を、陽菜が離す。

「陽菜の気持ちも、考えてやってよ」

陽菜は父の前でうつむいていた。悲しそうに。寂しそうに。

「陽菜が……かわいそうだ」

ダンッと足を踏み込む音がして、母が天に駆け寄ってきた。

「陽菜がいるの？　ここにいるの？」

「いますよ」

「陽菜っ、どこにいるの？　陽菜！」

母が取り乱したように、周りを見まわしている。けれどやはり、彼女には陽菜は見えない。

陽菜は静かに手を伸ばすと、そんな母の体を抱きしめた。ふわりと優しく。

「いま、お母さんのことを抱きしめています」

「え……」

母が驚いた顔で動きを止める。陽菜は母に抱きついているが、その感触も伝わらないのだろう。

「陽菜？」

父もふらふらと近づいてきた。陽菜の手が伸び、父の手を握る。

「お父さんの手を握っています」

父は不思議そうに自分の手を見つめている。さっきのような感触はもうないようだ。

「お父さん、お母さん。さようなら」

「陽菜……？」

母がつぶやいた。父も呆然とした顔をしている。

見えなくても聞こえなくても、なにかが伝わっているのかもしれない。

陽菜の体がふたりから離れた。ふたりは金縛りにあったかのように固まっている。

「もうこれ以上、陽菜さんと舞衣さんのこと、苦しめないであげてください。お願いします」

天は父と母の前で頭を下げた。その隣には陽菜が立っている。

「お前……何者なんだ？」

顔を上げた天に向かって父がつぶやいた。母も天の顔をじっと見つめている。

しかし天はなにも言わずに、もう一度軽く頭を下げると、その家をあとにした。

「天ちゃん？」

舞衣の家を出て、公園に向かってずんずん進んだ。陽菜がそんな天のあとをふらふらとついてくる。

「天ちゃん、どうしたの？　ねぇ……」

陽菜の声が耳に聞こえる。公園に入った天は足を止め、陽菜に向かって振り返る。

「ごめん！」

「え？」

天は陽菜の前で、勢いよく頭を下げた。

「お前の両親に、あんなこと言うつもりはなかったんだ。それなのについ……ごめん！」

「天ちゃん……」

「大事な娘を亡くした親の気持ちなんか、俺にわかるわけないのに……なのにあんな偉そうなこと……あー、もう、なにやってんだ、俺！」

すると陽菜が、天の前で首を横に振った。

「天ちゃんは悪くないよ。お姉ちゃんのことを守ってくれたんだから」

天が頭をかきながら、陽菜を見る。

「それにあたしのことも……嬉しかったよ」

目の前で陽菜が微笑んでいる。けれどその姿がよく見えない。消えてしまうのだ。もうすぐ。

「舞衣さんを捜さなきゃ」

天がつぶやく。陽菜はそんな天の手をとると、舞衣に渡すはずのプレゼントを天に持たせた。

「やっぱりこれ、天ちゃんが渡して」

「なに言って……」

「あたしもう、無理みたい。動けないよ」

陽菜がそう言って、泣きそうな顔で笑う。天の手を握っている陽菜の手が、ほとんど透けて見えなくなる。

陽菜は忘れていたものを思い出した。だから成仏できるはず。だけどまだやることが残っている。

「だめだ。これはちゃんと姉ちゃんに渡せ」

天はプレゼントの袋を、ぐっと陽菜に押し戻す。

「天ちゃん……」

「そんな情けない声出すなよ。お前らしくないだろ？　もっといつもみたいにけらけら笑ってろよ」

消えてしまいそうな陽菜の手をぎゅっと握る。だけどその感触がつかめなくて。

「陽菜。もう少しだから……」

陽菜の体を抱き寄せる。

「すぐに姉ちゃんを捜してあげるから……だから……」

　すると天の腕の中で、陽菜がくすっと笑った。

「ヘンなの。幽霊なんかに関わりたくなかったくせに」

「言うこときかないと呪うって言ったの、そっちだろ」

「そんなこともあったね。でもあの日、あたしと天ちゃんが出会ったのは、偶然ではなかったんだね」

　陽菜の声が、どこか遠くから聞こえてくる。そのときふと、天は思った。

「やっぱり……そうなんだな？」

　陽菜を抱きしめながら、ひとりごとのようにつぶやく。

「俺が事故に遭ったとき、『こっちに来ちゃだめ』って言ったの……陽菜なんだな？」

　陽菜が小さくうなずいた。

「うん、そう。あたしも思い出したよ」

　同時に事故に遭った三人が、生死の境を彷徨っていたときのこと。

「暗闇の中、男の子が光のほうへ歩いていくのが見えたの。きっとそれが拓実くん。その子はあっという間に、光の中に消えちゃった」

　天の耳に、陽菜の小さな声が聞こえる。

「あたし怖くなって、逃げ出そうと振り向いたの。そしたらこっちに向かってくる、もうひとりの男の子に気づいて……あたしは叫んだ。『こっちに来ちゃだめ』って」

「俺、お前がいなかったら、あのとき死んでた」

拓実と一緒に――

陽菜が深く息を吐く。

「よかった。あたし、天ちゃんを助けられて」

天はもっと強く、陽菜の体を抱きしめた。だけどそれは空気を抱いているみたいに、軽く儚《はかな》い。

幽霊なんてわがままで、迷惑なだけで。もう絶対関わりたくなかったはずなのに……少しでも長く、陽菜と一緒にいたいと思ってしまう。

そんなことは、だめなのに――

「天くん？」

聞き慣れた声に、心臓が跳ねる。陽菜の体を離し、後ろを振り向く。

街灯の灯りがかすかに灯る、児童広場。ブランコから立ち上がった、舞衣の姿が見える。

「お姉ちゃん……」

つぶやいたのは陽菜だった。

「行こう。それを渡しに」

天は陽菜の手を引っ張る。

「だめだよ。あたしはもう動けない」

「だったら」

天は陽菜の体をひょいっと抱き上げた。軽い。やっぱり空気みたいだ。

「て、天ちゃん？　なにすんの！」

「このまま連れてく」

「やだっ、恥ずかしい！　これお姫様抱っこだよ！」

「どうせ姉ちゃんには見えないよ」

騒いでいた陽菜が黙った。見下ろすと、いつもの生意気な顔が真っ赤に染まっている。なんだかこっちまで恥ずかしくなり、わざと意地悪く言ってしまう。

「ちゃんとつかまってないと、落とすからな」

陽菜がおそるおそる天の肩に触れた。その手は冷たくて、かすかに震えている。迷うように視線を泳がせたあと、陽菜はぎゅっと天の体にしがみついてきた。

真新しいままの、セーラー服。天の前では、いつも明るくふるまっていたけれど、幽霊となって彷徨っている間、この小さな女の子はどれだけ悲しい想いを抱えていたのだろう。

壁ドンだろうが、お姫さま抱っこだろうが、陽菜がしたいこと、もっともっとしてあげればよかった。

天は陽菜を抱く手に力を込め、舞衣の前まで進んでいく。

「天ちゃん……」

陽菜のどこかしんみりとした声が聞こえてきた。

「やっぱりよかった」

天は耳だけを陽菜のほうへ向ける。

「あたし、よかったよ。天ちゃんに出会えて」

生ぬるい空気の中に、息を吐く。なにも言わずに、舞衣の前まで歩く。舞衣はブランコのところで立ちつくしている。


「天くん……」

舞衣の前までたどり着くと、天はそっと陽菜の体を下ろした。ふわりと冷たい感触が手から消える。

「舞衣さんを捜してた」

「え……」

「陽菜と一緒に」

舞衣が顔色を変える。

「陽菜……いるの？　ここに」

「ああ、いるよ」

そう答えて、陽菜の背中を押した——はずだった。

「え？」

目の前にいたはずの、陽菜の姿が見えない。

「嘘だろ？　なんで……」

ほんの一瞬前までここにいただろ？　陽菜の体を抱き上げて、ここに連れてきただろ？

どうしていないんだよ。消えちゃったのか？

「陽菜！」

天が慌てて叫ぶ。するとどこからか声だけが聞こえてきた。

「天ちゃん。あたしはここにいるよ」

「陽菜？　でも見えない」

「うん。あたしもう、ここにいてはだめみたい。そろそろ交差点のおじいちゃんや、拓実くんのところへ行かなくちゃ」

胸がぐっと痛くなり、息をするのが苦しくなる。

「だから、天ちゃんが渡して？　あの日、あたしが渡そうとしてたもの」

天は自然と右手をポケットに入れた。そこには陽菜が舞衣にあげるはずだった、本屋の袋が入っていた。

天はそれを手に取ると、ぎゅっと唇を噛んでから、舞衣の前に差し出した。

「これ。陽菜から」

舞衣が目を見開く。そして震える手で、それを受け取った。

「遅くなって、ごめんね」

天の耳に陽菜の声が聞こえた。天はそれを舞衣に伝える。

「遅くなって、ごめんねって言ってる」

「え……」

舞衣が顔を上げて、天を見る。それからすっと視線を落とし、ほのかに頬をゆるめる。

「ありがとう、陽菜。嬉しい。開けさせてもらうね」

舞衣は静かに袋を開く。袋の中からは、ピンク色のブックカバーが現れた。

「陽菜……」

つぶやいた舞衣が、なにかに気がつく。

「あ……これ……」

ピンク色のブックカバーの上に、桜の花びらがついていた。舞衣はぎゅっと目を閉じ、ブックカバーを胸に抱きしめる。

「陽菜……陽菜……ありがとう。こんなお姉ちゃんのために……ありがとうね」

舞衣の頬に涙が伝う。

「私これから頑張るから。陽菜のいない世界でちゃんと頑張るから。だからもう心配しないで」

そっと目を開いた舞衣が、両手を広げる。そしてふわっと胸に抱きしめる。

天にはもう見えないけれど、きっとそこには陽菜がいる。舞衣の胸の中に、陽菜がいる。

「お姉ちゃん、いままでありがとう」

陽菜の声が聞こえた。天はその言葉を、そのまま舞衣に伝える。

「お姉ちゃん、いままでありがとう」

舞衣が耐え切れないように顔を歪め、抱きしめていた腕をそっと広げた。

「さようなら。陽菜」

すると、天と舞衣の間に、ほのかな光がぽっと生まれた。

「あ……」

天と舞衣が同時に声を上げる。

ふたりの間に、小さな明かりが浮かんでいる。

「陽菜……」

舞衣が両手を差し出す。その手のひらの上で光が輝く。

天の目に、もう陽菜の姿は見えない。陽菜は小さな光となって、行くべきところへ行ってしまうのだ。あのじいさんと同じように。

「天ちゃん」

天の耳に陽菜の声が聞こえてくる。

「お姉ちゃんを守ってくれて、ありがとうね」

小さな光の中に、にっこり笑っている陽菜の顔が見えた気がした。

「やっぱり天ちゃんは、あたしの天使だね」

胸の奥からなにかが込み上げてきて、それがあふれないようにぐっとこらえる。

舞衣の手の中の光が、すうっと上に昇ったかと思うと、そのまま夜空へ飛んでいった。

「陽菜っ！」

最後に天がその名を呼んだ。舞衣はただじっと、その魂の光を見上げている。

真っ暗な冷たい夜。小さな命がまたひとつ、夜空に吸い込まれるように消えていった。


「天くんが、見つけてくれたのね」

どれくらいそこにいただろう。ブランコに座り、ふたりで飽きるまで空を見上げたあと、舞衣が静かに口を開いた。天も視線を下ろして、舞衣を見る。

「ありがとうね。本当にありがとう」

舞衣がピンク色のブックカバーを、指先で愛おしそうに撫でている。

「なんでここにいたんだ？」

なんとなく照れくさくて、天は話をそらした。舞衣は穏やかに微笑んで答える。

「また父ともめて……だめだね。わかり合えるのって難しい。少し頭を冷やそうと思って、ここでぼうっとしてたの」

天はさっき会った、舞衣の両親を思い出す。舞衣が家に帰ったあと、少しは変わってくれるといいのだけど。

「天くん、私、就職決まったの」

舞衣の声が耳に響く。

「だから出ていくよ。この町から」

わかっていたのに。どうしてか声が出ない。

「でも私は、家族を見捨てるんじゃない。一度距離を置いて、また少しずつ近づいていけたらいいと思ってる」

天は黙ってうなずいた。

「そんなふうに思えるようになったのは、天くんのおかげだよ」

「違う。陽菜のおかげだろ……」

なんとか絞り出すようにそう言った。舞衣はふっと天に笑いかける。

「そうだね。陽菜のおかげだね」

舞衣が軽く地面を蹴り、ブランコを揺らす。ふたりきりの公園に、キイッと錆びた音が響く。

「亡くなった人って……どこにいるんだろうな」

止まったままの足元を見下ろしながら、天がつぶやいた。

「さっきみたいな光になって、空に飛んでいくのかな。天国……とか?」

「でもお墓に話しかけたりするよね」

ブランコをこぎながら、舞衣が答える。

「仏壇もあるよな」

「交差点にもお花が供えてあるね」

「全然わかんねぇ……いったいどこにいるんだよ」

頭を抱えた天の隣で、舞衣が髪をなびかせて言う。

「いつか私たちにその日がきたら、きっとわかるよ」

天は顔を上げて舞衣を見た。舞衣は前を向いて、ブランコをこいでいる。

「そうだな……」

そうつぶやいて、天は地面を蹴った。

「あのさぁ」

舞衣と同じようにブランコをこぎながら天が言う。

「引っ越す前に、頼みがあるんだ」

「なぁに?」

舞衣が天のほうを見た。ブランコが揺れるたび、舞衣の髪がなびく。

「拓実の墓参りに行きたいんだけど……一緒に来てくれないか？」

天はそう言って、ブランコを勢いよくこぐ。

いままで一度も行けなかった、拓実のお墓。どうしても、拓実が亡くなった現実を受け入れたくなくて。そこへ行ってしまったら、最終宣告を突きつけられる気がして。

拓実のいない世界を生きるのが怖かったんだ。

「拓実がどこにいるかはわかんねぇけど……とりあえずはお墓が有力かなって思って」

隣で舞衣がくすっと笑う。

「いいよ」

舞衣の声が天の胸の奥に沁み込んだ。

「私も一緒に行ってあげる」

天はぎゅっとブランコの鎖を握りしめた。そして小さかったころのように、空に届きそうなほど高くまで、ブランコをこいだ。

第四章　ふたりで歩き出す

「あら、早いのね。あんた今日から春休みじゃなかったっけ？」

居間に用意されていた朝食を食べていた天に、寝起きの母が言った。今日のメニューは、昨日の残りの焼き鳥だ。

風邪をひいた天が、心配する母を押し切って出かけた日から、しばらく母は口をきいてくれなかった。無言の抗議をふつふつと感じながら、気まずい毎日を送っていたけれど、最近やっと機嫌を直してくれたようだ。

けれどまだ母には、幽霊が見える話をしていない。したらきっとまた、余計な心配をするに決まっている。

「ん。ちょっと出かけてくるから」

天はご飯を口に入れながら答える。母は天の服装を上から下まで眺めてから言う。

「へぇ、めずらしい。舞衣ちゃんとデート？」

「そんなんじゃねぇっての」

でも舞衣と出かけるのは本当だ。今日はふたりで電車に乗って、拓実の墓参りに行く。そして明日になれば、舞衣はこの町から引っ越していくのだ。

「あのさ」

天は箸を置くと、母に向かって言った。母はパジャマ姿で、寝癖の髪をいじりながら天を見る。

「俺、もうすぐ十八だから。いつまでも子どもみたいに心配すんなよ」

母が髪に触れている手を止めた。

「これでもいろいろ考えてんだよ。自分の命、粗末にしたりしないから安心してよ」

「生意気ね」

天は「ごちそうさま」と言って立ち上がった。

「あ、それから」

そして食べ終わった食器を台所に運びながら伝える。

「毎晩遅くまで働いてるくせに、いちいち俺のために早起きしなくていいから。もっと寝てろ」

「はいはい。わかりました」

母が口元をふわっとゆるめたのを確認し、天は裏口から外へ出る。

「いってきます」

するど天の耳に、いつもの声が聞こえてきた。

「いってらっしゃい。気をつけてね」


駅に着くと、舞衣が待っていた。天を見つけて、小さく手を振る。

淡い桜色のジャケットに、ふんわりしたロングスカート。メイクもほんのり桜色だ。普段ひとつに結ばれている髪は、ほどけて肩の上で揺れていて、丸いおでこが子どもみたいにつるつるしている。

なんていうかいつもより……かわいくないか？　これってもしかして……

そんなことを一瞬思って、首を振る。これからデートってわけでもないんだし。もしかして自分のためにオシャレしてくれたかもなんて、考えてしまったこの頭をぶん殴りたい。

「おはよう、天くん」

「お、おはよ」

目の前でにっこり微笑まれて、心臓がうるさい。

「今日はつきあってもらっちゃって……ありがとうございます。明日引っ越しなのに」

「えっ、やだな、あらたまっちゃって……ヘンな天くん」

その言い方、陽菜にそっくりだ。

「ほら、急ごう。電車来ちゃう」

「あ、うん」

舞衣が改札に向かって歩き出す。天はそのあとを追いかけるようについて行った。

舞衣と電車に乗って、拓実の家族が引っ越した町へ向かった。墓地の場所は、隼人に会って聞いた。天が隼人の家に行ったのだ。突然訪ねてきた天を見て隼人は驚いた顔をしていたが、すぐに霊園の名前とお墓の場所、拓実の家の住所まで教えてくれた。

「ひとりで行くのか？」

隼人が聞くから、「知り合いと一緒に行く」と答えた。

「そっか。気ぃつけて」

「うん……ありがとな」

それだけ言って、お互い軽く手を振って別れた。だけど帰ってきたら、もう一度隼人の家を訪ねようと思った。きっと隼人とは、昔みたいになんでも話せる仲に戻れるような気がしたから。

電車に二時間乗って、それから乗り換えをして、また一時間ほど揺られた。降りた駅からさらにバスに乗って三十分。やっとたどり着いたのは、広々とした公園のような霊園だった。

「すごく綺麗なところね」

舞衣が景色を眺めながら言う。見晴らしの良い敷地は芝生で覆われていて、色とりどりの花が植えられている。

「お花、買ってく？」

霊園の入り口で花が売られているのを見て、舞衣が聞いてくる。けれど天は答えられない。この中に拓実の墓があるんだと思うと、途端に足がすくんでしまったのだ。

「天くん？　大丈夫？」

舞衣に顔をのぞき込まれた。ここまできてビビっている自分が情けなくて、すっと視線をそらす。すると舞衣が、そんな天の手をそっと握った。

「私がついてるからね？」

舞衣の声が耳に聞こえる。隣を見ると、舞衣が穏やかな表情で天のことを見ていた。

『天ちゃんにも天ちゃんを守ってくれる人が必要みたいだね』

なぜか陽菜の声が聞こえてきてはっと気づく。

自分を守ってくれる人——天はじっと舞衣の顔を見る。舞衣は少し不思議そうに首をかしげる。

頼ってもいいのだろうか。この人に。

つらかったらつらいって、怖かったら怖いって、言ってもいいのだろうか。

「あの……」

「うん？」

「花、買ってく」

舞衣は頬をゆるめてうなずいた。

「うん。そうしよう」


拓実の墓に花を供えた。線香をあげて、舞衣と一緒に手を合わせる。

そうやっている間も、拓実はここにいるのかと考えてしまう。

目を開けると、こっちを見ている舞衣と目が合った。

「私、先にバス停まで戻ってるね」

「え？」

「天くんはゆっくり拓実くんと話してきて」

舞衣がそう言って小さく微笑む。

「拓実くんがどこにいようと、天くんの声は届くと思うから」

ぽんっと肩を叩くと、舞衣が背中を向けて行ってしまった。天はその姿を見送ってから、もう一度目の前の墓石に向き合う。墓に向かって話しかけるなんてなんだか照れくさかったけど、つぶやくように声を出した。

「拓実……」

ぽつりと漏れた声が、線香の煙と一緒に空へ上がっていく。

「やっと、来たよ」

そう。やっとだ。ここまで来るのに四年かかった。

「あの日……お前にもらったブックカバー、いらないなんて言って悪かったな」

いつまでも変わらないと思っていた幼なじみが、自分を置いて大人になってしまった気がして、悔しかったんだ。そんなふうに思う時点で、すでに拓実に負けていたんだけど。

「でもお前はわかってたんだろ？　俺が『そんなのいらない』って言うのを」

わかっていて、それでも持ってきてくれたんだよな。やっぱりお前のほうが大人だったよ。

「なぁ、拓実。俺もう、毎日一リットル牛乳飲むのやめるわ」

墓石の前で、舞衣と買った白い花が揺れている。

「もうこれ以上、背伸びなくていいし」

小学校の廊下で背比べをしていたころを思い出す。一年生から六年生まで、ふたりは抜きつ抜かれつを繰り返していた。

「いいよな、拓実。それで」

もちろん返事はないけれど。

「拓実がいないなら……もう争う必要ないもんな」

拓実はいない。気づきたくなかったけれど、それが現実なんだ。

これからは、拓実のいない世界で生きていく。

「それだけ、言いたかったんだ」

あの日の約束は、もうここでおしまいにしよう。

そしていつか会えたとき、どっちが高いか勝負しよう。

「たぶん、俺の勝ちだけど」

墓石の前で、自然と笑みがこぼれた。口の中で「じゃあな」とつぶやき、背中を向ける。

拓実はここにいるのかな。いや、やっぱりいないよな。

こんなところにひとりぼっちでいるわけない。

天は空を見上げた。青く晴れ渡った空に、白い雲が浮かんでいる。

「どこにいるんだろうなぁ……」

それはその日がくれば、きっとわかる。


バス停で待っていた舞衣と合流して、ちょうど来たバスに乗った。なんとなく話すのが照れくさくて、ほとんど会話をしないまま駅で降りる。

駅前のロータリーの向こうには、小さな喫茶店とコンビニがあったが、他にあまり店は見当たらない。天が住んでいる町のような商店街もない。

でもこの駅前の道をまっすぐ行くと、拓実の両親が経営している本屋があるのだと、隼人が教えてくれた。

「どうする？」

舞衣が天の隣で言った。

「拓実くんち……行く？」

今日、墓参りに来る覚悟はできたけど、拓実の両親に会う覚悟はまだできていなかった。

『天ちゃんにも会いたいって……おばさん言ってた』

隼人の言っていた言葉。

おばさんは本当に会いたいと思っているのだろうか。会ってもいいのだろうか。会ったほうがいいのだろうか。

そして自分は、おばさんに会う勇気があるのだろうか。会いたいのだろうか。

そんな気持ちがぐるぐる回って、気分が悪くなってくる。

「天くんが行きたかったら行けばいいよ。気分がのらなかったら、また今度来ればいい」

舞衣が天の顔をのぞき込むようにして、そう言った。

「よく……わかんねぇんだけど……」

ひとりごとのようにつぶやいたあと、天は顔を上げた。

「舞衣さん！　頼みがある！」

「はい！」

舞衣が急に姿勢を正す。天は舞衣の顔をまっすぐ見つめて言った。

「俺が拓実んちに行けるように……背中を押してくれ！」

真剣な表情の舞衣がうなずく。そして天の後ろに回ると、思いっきり背中を押した。

「うわっ！」

バランスを崩した天はつんのめりそうになりながら、歩道の上を二、三歩進む。

「あ、あぶないだろ！」

「え、だって押してくれって言ったのは天くんでしょ？」

「そういう意味じゃねぇんだよ！　応援してくれっていうこと！」

舞衣はぽかんと口を開けたあと、くしゃっと笑顔になった。

「なんだ、そうかぁ。私、バカだねぇ」

そしてくすくすと笑う。そんな舞衣の顔を見ていたら、気が抜けてきた。

この人やっぱり、天然だ。おかしくて、こっちまで笑えてくる。

「天くん？」

突然舞衣が天を見て言った。

「天くんが笑ったとこ、はじめて見た」

「へ？」

思わずマヌケな声を出す。

「笑ってた？　俺が？」

「笑ってたよ」

舞衣がまたくすくすと肩を震わせる。

笑いたいと思ったことなんて、あの日以来一度もない。

つまらないことばかりだったし、事故のせいで上手く表情が作れなくなってしまった。

だからたぶん、笑ったことなんて一度も——

「かわいいよ、天くんの笑顔」

「はぁ？」

「かわいい。いっつも笑ってればいいのに」

「バッカじゃねぇの」

「あ、照れてる。かわいい」

もしかしてバカにされているのだろうか。

「もういい！　俺ひとりで行ってくるから、ここで待ってろ！」

一瞬驚いた顔をした舞衣が、すぐににっこり微笑む。

「うん。ゆっくり行ってきて。私はそこの喫茶店でお茶してるから」

舞衣は軽く手を振ると、さっさと小さな喫茶店の中へ入ってしまった。

情けない声が出る。なんであんなこと言っちゃったんだ？　違うだろ。言いたかったのは「一緒についてきて」だろ。

「あー、バカは俺だ……」

頭を抱え込んだあと、天は覚悟を決めた。

よし。行こう。

知らない道に、重たい足を一歩出す。舞衣に背中を押してもらったおかげか、そのあとの足取りは不思議と軽かった。

隼人に言われたとおり、駅前の道をまっすぐ歩くと、すぐに本屋が見えてきた。

商店街にあった店と同じような、小さな本屋だ。きっとこの店を、おじさんとおばさんで経営しているのだろう。

天は少しほっとした。商店街から引っ越してしまった拓実の家族が、また変わらず本屋をやっていることにほっとしたのだ。

そのとき、店から女性が出てきた。店の前に並んでいる雑誌を並べ直し、店内に戻ろうとしたところで道路の反対側にいた天に気がついた。

「あ……」

ふたり同時にそんなような声を漏らしたと思う。立ち尽くす天の前で、女性は一瞬間を置いたあと、聞き覚えのある声で天の名前を呼んだ。

「天ちゃん」

その人は、拓実の母親だった。

「こん……にちは」

声が上手く出なかった。拓実の母は泣き出しそうな顔で笑うと、夢中でおいでおいでと手招きをしてきた。そして顔は店内に向けて、大声で叫ぶ。

「お父さん！　天ちゃんよ！　天ちゃんが来てくれたの！」

どうしたらいいのかわからなくなって固まっていたら、駆け寄ってきた拓実の母に背中を押された。

「中に入って。ね？」

「あ……はい」

「大きくなったわねぇ。でもすぐにわかったわよ」

天は拓実の母の顔を、まっすぐ見ることができなかった。

居間には拓実の仏壇があった。

「お線香をあげてやってくれる？」

母にそう言われ、天は仏壇の前で手を合わせた。

ここに拓実はいるのだろうか。やっぱりわからないけど、ここなら両親のそばで、寂しくないんじゃないかと思った。

仏壇の前から離れると、父と母が座卓を囲んで座っていて、座布団とお茶を勧められた。

「すみません。なんか突然……」

「いいのよ。天ちゃんが来てくれて嬉しいわ。ねぇ、お父さん？」

「ああ、そうだな」

眼鏡をかけたおとなしそうな父が目を細めた。かわいらしい雰囲気の母も微笑んでいる。

四年前と変わらない気もするし、ずいぶん変わってしまった気もする。

ああ、そうか。ふたりとも前より痩せて、白髪が増えたんだ。

「この前ね、隼人くんたちも来てくれたのよ」

「あ、はい。知ってます」

「みんな立派な高校生になっちゃってね。びっくりしちゃったわ」

そう話す母の後ろでは、写真の中の拓実が微笑んでいる。中学校の制服を着て。

「ああ、あの写真ね。入学式の朝に撮った写真なの。まさか遺影になるとは思ってもみなかったけどね」

なんて言ったらいいのかわからず、天は膝の上で握ったこぶしを見下ろす。

「拓実だけが……いつまでたっても中学一年生のままなのよねぇ」

「母さん」

父の声に母が慌てて笑顔を作る。

「あっ、ごめんね。嫌よね、湿っぽい話は。それより天ちゃんの話を聞かせて？　お母さんとお父さんは元気？　まだあそこでお店やってるの？」

「はい。やってます」

「懐かしいわぁ、あの商店街。皆さんあいかわらずなのかしら？」

「あいかわらずです」

「そう。ねぇ、天ちゃんは学校楽しい？」

「まあ……」

「彼女とかいるの？」

「いません」

「あら、いないの？　高校時代なんて、一番楽しい時期なんだから。どんどん楽しまなきゃもったいないわよ」

それから少し間を置いて、母は付け加えた。

「拓実に遠慮なんて、しないでね？」

天はうつむいて、握ったこぶしに力を込めた。その手が膝の上で震えている。

「俺……」

振り絞るように出した声も、やっぱり震えていた。

「寂しいです」

拓実の両親が、自分を見ているのがわかった。

「拓実がいなくて……寂しい」

あの交差点を渡るとき。商店街を歩くとき。牛乳を飲むとき。制服を着るとき。学校へ行くとき。拓実がいたらいいのになって思う。

遠慮しているわけじゃない。自分は自分の道を進んでいる。

だけど——だけどやっぱり、寂しいんだ。

母の嗚咽《おえつ》が聞こえてきた。立ち上がった父が、天の肩をぽんっと叩く。

「天くん。拓実のことを、忘れないでいてくれてありがとう」

そうか。忘れなくて、いいんだ。拓実のことを、忘れなくても。

ゆっくりと顔を上げた。泣いている母に父が寄り添い、背中をさすっている。

このふたりも、陽菜の両親も、舞衣も……みんなおんなじ寂しさを抱えて生きているんだ。

「なんだかごめんね、天ちゃん」

真っ赤な目をした母は、無理に笑顔を作って、店の前まで天を送ってくれた。その後ろで父が言う。

「お父さんとお母さんによろしく」

「はい」

「気をつけて帰るのよ」

「はい。ありがとうございます」

「また来てね。今度は隼人くんたちと一緒に」

天は「はい」と返事をすると、頭を下げて歩き出した。父と母はそんな天の姿を、店の前からずっと見送っていた。

駅前まで戻って、喫茶店の窓から中をのぞいた。すると窓際の席にぼうっと座っている舞衣を見つけた。天がコンコンッと窓ガラスを叩いたら、舞衣は慌ててコーヒーを一気飲みして、レジでお金を払って飛び出してきた。

「天くんっ」

「なんでそんなに急いで出てくるんだよ。俺も中でコーヒー飲みたかったのに」

「えっ、ごめん。もう一度入る?」

舞衣があせった様子で店を指さす。

「嘘だよ。拓実んちでお茶飲んできたから、いらない」

「なによ、もうー」

口を尖らせる舞衣を見て、ぷっと噴き出す。

「あっ、いま、笑ったでしょう！」

「笑ってねぇよ」

「笑った！　私の顔見て！　失礼ねー」

舞衣の声を無視して駅へ向かって歩く。舞衣がそのあとをついてくる。

「あ」

駅舎のそばで立ち止まった。そこには大きな桜の木が一本立っていて、わずかに花を咲かせていた。

「桜、咲き始めたんだね」

舞衣が木を見上げて言った。天もその木に咲く、桜の花を見つめる。

「もうそんな季節なんだね」

思い出すのはやっぱり、中学校の入学式の日。天の頭に、桜の舞い散る景色が浮かんでくる。

あの日、拓実と陽菜は死んでしまった。もうこの世にふたりはいない。

これからもずっと、おそらくいままで生きてきたより長い時間、天はふたりのいない世界を生きていく。

「舞衣さん……」

振り返って舞衣を見た。舞衣は不思議そうに首をかしげる。

「明日、引っ越しちゃうんだよな？」

「あ、うん。そうだね」

舞衣が天の前で静かに微笑む。

「天くんに会えなくなるのは、寂しいな」

「俺も寂しいよ」

手を伸ばし、舞衣の体を抱き寄せた。

「天くん？」

「寂しいんだよ……」

かすれた声と一緒に、なぜだか涙があふれてきた。あの事故のあと、一度だって一滴だって出なかった涙が、あとからあとからあふれてくる。

「天くん……」

舞衣の手が、ぎこちなく天の背中に回った。そしてその震える背中を、ぎゅっと強く抱きしめる。

「泣いていいよ」

舞衣の声が聞こえた。

「涙をためすぎちゃうと、上手く笑えなくなっちゃうからね」

それ、うちの母ちゃんのセリフ。

そう突っ込んでやりたかったのに、変な息しか出なかった。ただ小さな子どもみたいに、涙ばかり出てくる。

泣きながら、天も舞衣を抱きしめた。舞衣の体はあたたかかった。

涙が止まったら、もう少し上手く笑えるだろうか。笑って舞衣を、見送れるだろうか。

開花したばかりの花をつけた桜の木の下で、天はそんなことを思っていた。


帰りの電車は空いていた。あいている席に並んで座って、ため息を吐く。

「疲れちゃったね？」

舞衣が天の顔を見て言う。

窓の外はもう薄暗い。駅前で人目もはばからずに泣いたあと、再び喫茶店に戻って落ち着くまで休んでいたら、こんな時間になってしまった。

「今日は……つきあってもらっちゃって、すみません」

「なに言ってるの？」

舞衣が隣でくすっと笑う。

「今日は来てよかった。天ちゃんの泣き顔とか笑い顔とか、いっぱい見られたから」

いつの間にか「ちゃん」付けになってるし。

天がはあっと息を吐いた。なんだかどっと疲れた。目を閉じてシートの背もたれに体を委ねたら、舞衣の声が聞こえてきた。

「寝てていいよ。着いたら起こしてあげるから」

今日のできごと、昨日までの思い出、これからの話。舞衣と話さなければいけないことはたくさんあったはずなのに、いまはなにも考えたくなかった。

目を閉じたまま、小さくうなずく。そして首を傾け、舞衣の肩にもたれる。すると膝の上にあった天の手に、舞衣のあたたかな手が重なった。


電車に心地よく揺られながら、夢を見た。

南口の公園で、拓実とブランコに立ち乗りしていた。拓実はまだ、無邪気な顔をした小学生で、でもなぜか天は高校の制服を着ていた。

「天！　競争しよう！　どっちが高くまでこげるか」

「おう！」

天にはこれが夢だとわかっていた。わかっていて返事をした。夢の中でも、拓実と一緒にいたかったから。

「どうせ俺の勝ちだけどな」

「勝つのは俺に決まってる」

古いブランコがキイキイと音を立てる。風で前髪がなびき、目を細める。

空は青くて、近かった。手を伸ばせば届きそうなほど、近かった。

「あ……」

そのとき、目の前に女の子が立っているのに気がついた。

「お前……」

天はブランコのスピードをゆるめる。黒い短めのボブヘアの、小学生の女の子。

「陽菜？」

天の声に女の子がにっこりと微笑む。その子は小学生の陽菜だった。天は足を地面にこすりつけ、ブランコを止めた。

「お前も乗る？」

「怖いよ」

「怖くねぇよ」

けれど陽菜は微笑んだまま、首を横に振るだけだ。

「大丈夫だよ。怖くないから。こっちに来いよ」

天は手を差し伸べた。陽菜はやっぱり首を振って、天に言う。

「ごめんね。あたしはそっちに行けないんだ」

はっと陽菜の隣を見ると、いつの間にか拓実がそこに立っていた。

「拓実？」

「ごめんな、天。俺たち、もう行かなきゃ」

「俺たちって……」

「天ちゃんはこっちに来ちゃだめだよ」

陽菜と拓実が手をつなぐ。天はその様子を黙って見つめる。

「じゃあ、またな、天」

「いつか会おうね、天ちゃん」

手を振るふたりに、天はブランコに座ったままつぶやいた。

「ああ。またな」

ふたりの姿が消えていく。天はブランコの上に立ち上がって、またこぎ始める。

キイッとひとり分の音があたりに響く。もう隣に拓実はいない。天はもっと高くまでブランコをこぐ。

そのとき、錆びた音が重なった気がして隣を見た。ブランコに乗っている人の姿が見える。

「え……」

風になびく髪。ふわりと揺れるスカート。天と同じように立ち乗りをしているその人が、こっちを見た。

「舞衣さん？」

舞衣がにっこり微笑んで、もっと高くこぐ。青い空に吸い込まれていきそうなほど、高く、高く――

「俺も っ……」

天も負けずにスピードを上げた。錆びた音があたりに響き、強い風が頬に当たる。

「私、負けないからね」

「俺だって負けるか」

子どもみたいに張り合って、ブランコをこいだ。空がまた、どんどん近くなる。

ああ、そうか。ひとりじゃないんだ。

『一番楽しい時期なんだから。どんどん楽しまなきゃもったいないわよ』

拓実の母の声が、遠くから聞こえる。

天は勢いをつけて、舞衣と一緒にブランコを揺らす。

どこからか桜の花びらが一枚、強い風に乗って飛んできた。

ガクンッと体が揺れて、天ははっと目を開けた。

カタンカタンッと規則正しい音を立て、電車は走り続けている。窓の外はもう真っ暗だ。

「ここは……」

隣の舞衣を見ると、天の体にもたれかかって、気持ちよさそうな寝息を立てている。

起こしてあげるとか言っておいて、自分が寝ちゃってどうすんだよ。

あきれながらも、ふっと頬をゆるめて手元を見た。天の手の上には舞衣の手が、重なっている。

「まぁ、いいか……」

重ねられた手をそっと握りしめ、もう一度目を閉じた。

もし乗り過ごしてしまったら、それでもいい。こうやってふたりで、行けるところまで行ってもいい。

あとのことはそれから考えよう。人生はまだまだ長いのだから。

＊

四階の社会科教室の窓からは、春風の吹くグラウンドが見渡せる。

新年度が始まったばかりの放課後。掛け声をかけながら走る運動部員の姿と、風に散る桜の花びらを、天は見下ろしていた。

ブブッとポケットでスマホが振動した。窓から視線をはずし、メッセージアプリを確認すると、メッセージが届いていた。素早く返信をしてから、何気なく『友だち』の欄を眺める。

『天ちゃん、スマホ出して。あたしと「友だち登録」して』

あの日、たしかに登録したはずの『陽菜』のアカウントは、いつの間にか消えていた。

もちろん陽菜からメッセージが送られてくることはないし、送ることもできない。当たり前のことなのだが。

そして他にも天は、気づいたことがある。

最近町で、幽霊を見かけなくなったのだ。春休みに、拓実の墓参りに行ったあとくらいから。それは町に幽霊がいなくなったというわけではなく、天にはもう、幽霊を見る能力がなくなってしまったような気がするのだ。

よかった。これでよかった、はずなんだけど。

もしもこの世界にまだ、忘れた記憶を捜して彷徨っている幽霊がいるとしたら……その幽霊たちは無事に成仏できるだろうか。

「いや、そんなの、俺が考えてもしょうがねぇだろ」

幽霊が見える人間は、天の他にもいるはずだ。大丈夫。きっとなんとかなる。

ふうっと息を吐き、ポケットにスマホを突っ込んだとき、教室の引き戸が静かに開いた。

「あっ」

「おや？」

中に入ってきたのは、蟹じいだった。三月で定年退職したはずなのに。

「先生？　なんで？」

「私は忘れ物を取りにな。それより富樫。お前さんこそ、こんなところでなにをしてるんだね？」

なにをしていると言われても……時間をつぶしているだけだ。

教室はやっぱり居心地が悪いし、毎日牛乳を買いにコンビニに通うこともなくなった。今日は待ち合わせをしているから、その時間までここでぼんやりしていようと思ったのだ。

「べつに。なんとなく」

「そうか。なんとなくか」

蟹じいは人の好《よ》さそうな笑みを見せ、ひょこひょこと奥の準備室へ入っていく。そしてしばらくごそごそしてから、「あった、あった」とつぶやいて、また教室へ戻ってきた。

「忘れ物、あったの？」

「おかげさまでな。あとこれ、お前さん飲みなさい」

蟹じいがバッグに難しそうな本をしまいながら、机の上に牛乳パックをひとつ置く。天はそれを見て、顔をしかめた。

「まぁ、心配しなさんな。賞味期限は過ぎておらん」

「はぁ、じゃあ、いただきます」

天がしぶしぶストローをさすと、前の椅子に蟹じいが「よっこらしょ」と腰をおろした。

「どうだい？　最近なにか変わったことはあったかい？」

「べつに、なにも」

「そうか。好きな人に、想いは伝えたのかね？」

蟹じいの声に、思わず牛乳を噴き出しそうになった。

「はぁ？」

「ほら、前に言ってただろう？　信じてもらうにはどうしたらいいかって。そこで私が、伝え続けるしかないって答えたんだ」

蟹じいが天の前でにっこり笑う。天は机の上にパックを置いた。

「べつに好きな人になんて、言ってねぇし。それに告白でもねぇし」

「ああ、そうなの？　で、その人には信じてもらえたのかね？」

天は蟹じいの前でうなずいた。

「うん」

「そうか、そうか、それはよかった。まぁ、頑張りなさいよ」

蟹じいは天の肩をぽんっと一回叩くと、また「よっこらしょ」と言って立ち上がった。

「最近腰が悪くていかんわ」

バッグを持った蟹じいが、笑いながら教室を出ていこうとする。天は思わず席を立ち、口を開いた。

「先生!」

蟹じいがゆっくりと振り返る。

「元気で!」

自分でも驚くほど大きな声だった。蟹じいの顔がくしゃっと歪む。

「お前さんも元気でな。元気ならなんでもできる。お前さんの未来はまだまだ長いんだから」

はっはっはっと声を立てて笑うと、蟹じいが教室から出ていった。天はすとんっと椅子に座って、ストローを口にして外を見た。

グラウンドでは、サッカー部がボールを蹴っていた。強い風が吹き、砂埃《すなぼこり》と桜の花びらを舞い上がらせている。

ポケットのスマホがまた振動した。画面を開くと、舞衣からのメッセージが見えた。

『五時には駅につけそう』

天は素早く『了解』と返信すると、牛乳を飲みながら立ち上がり、カバンを肩に引っかけ教室を出た。

学校のある駅から四時三十八分の電車に乗れば、五時に天の家の最寄り駅に着く。逆方向の電車に乗ってくる舞衣と、ちょうど良いタイミングで会えるはずだ。

舞衣は今日、引っ越し後はじめて、この町に帰ってくる。明日は仕事が休みだから、やり残した手続きをするために、実家に戻ってくるのだという。

そのメッセージが届いたのが三日前。実家に帰る前に、『居酒屋とがし』に寄りたいと言われ、天はずっとそわそわしていたのだ。

駅に着きホームに降りると、逆方向の電車はまだ到着していなかった。待ち合わせの改札口に向かったら、少しだけ懐かしい声で名前を呼ばれた。

「天ちゃん!」

「え?」

改札の外で、舞衣が手をぶんぶんっと振っている。天は慌てて改札を出た。

「は、早いな」

「うん。乗換駅で一本早い電車に乗れそうだったから、ダッシュしたら乗れちゃった」

舞衣はちょっといたずらっぽい顔つきで、にっこり笑う。

だったらもっと早く来るんだった。あんなところで暇つぶししてないで。

「久しぶりだね、天ちゃん。全然変わってないね」

「当たり前だろ。まだ二週間しか経ってないんだ」

「もう二週間だよ。私は新しい町の新しい部屋に住んで、新しい仕事を始めて、変わったことばっかり。もう目が回りそう」

たしかに舞衣は、メイクが少し濃くなって、着ている服も前より華やかになった。

ここより少し都会の町で新しい生活を始めて、舞衣はどんどん変わっていく。なにも変わらない天を、この町に置き去りにして。

「でもやっぱりほっとするな。この町に来ると」

舞衣がそう言って静かに微笑む。

「つらいこともたくさんあったけど、大事な思い出もたくさんあるから」

天は舞衣の前でうなずいた。天もいつかこの町を出たら、そんなふうに思う日が来るのだろうか。

「あ、そうだ、これ。忘れないうちに渡しとくね」

人通りを避け通路の端に寄ると、舞衣はバッグの中から一冊の文庫本を取り出した。

「ほら、この前天ちゃん言ってたでしょ。ほとんど読書しない俺でも、読みやすい本あったら貸してって」

引っ越しの日。天が言った言葉を覚えていてくれたのだ。でもこんな場所で出してこなくても……けれど舞衣は嬉しそうに本を天に差し出す。

「ミステリーなんだけどね、さらっと読めておもしろいよ。よかったら読んでみて」

「どうも」

そわそわする気持ちを隠して、ぶっきらぼうに受け取る。そして肩にかけたカバンを開き、中から青いブックカバーを取り出した。

「あ、持ってたんだ。つけてみて？」

実はこれをつけてみたくて、本を借りようとしたのだ。

天は舞衣から受け取った本に、拓実にもらったブックカバーをはじめてつけてみる。

「いいね。それ電車で読んでたら、天ちゃんでも文学青年に見えるよ」

「天ちゃんでもって……てか、電車でなんか読まねぇよ」

「えー、どうして？　私は読んできたよ」

舞衣は笑って、バッグの中からもう一冊本を取り出した。ピンク色のブックカバーがついた本だ。

「ほら、私とおそろい」

にっこり微笑む舞衣の顔は、二週間前と変わらない。やっぱり舞衣は、天の知っている舞衣のままなのかもしれない。

天はなんとなく照れくさくなって、本をカバンの中にしまった。

「ありがと。読んでみる」

「うん。読んでみてね」

拓実が選んだブックカバーが、こんなところでつながるなんて……天は心の中でそっと、拓実に感謝する。

「舞衣さん、どっち行く？」

天が指で、南口と北口を指した。南口は舞衣の実家があり、北口は天の家がある。舞衣は迷わず北口を指した。

「天ちゃんちのお店、行きたい。お腹すいちゃった」

「実家先じゃなくていいのか？　お父さんとお母さん、待ってるんじゃねぇの？」

舞衣は遠くを見るような目つきで、「どうかなぁ……」とつぶやいた。

「あ、でも明日は、陽菜のお墓参り行くことになってるの。三人で」

「へぇ、そうなんだ」

「うん。お父さんがね、お前が戻ってくるなら、一緒に行こうって」

「よかったな」

舞衣が天を見て、少し泣きそうな顔で笑う。天はそんな舞衣の手を、ぎこちなく握った。

「じゃ、先に俺んち行くか。おみやげ用の焼き鳥も焼いてもらえよ」

照れくさいから、乱暴にその手を引っ張る。

「あ、うんっ」

舞衣が慌てた様子で、天のあとをついてきた。


駅を出るとすぐに、舞衣の働いていたコンビニが見えてくる。

天はもう、ここへ牛乳を買いに来ない。毎日一リットル牛乳を飲むのはやめた。

「店長さんいるかなぁ」

コンビニの前を通るとき、舞衣が店を眺めながら言った。

「あの店長、もういないよ。代わっちゃったんだ」

「えっ、そうなの？　会いたかったのに」

「今度の店長はすっげー怖い女の人。バイトの子、よく怒られてるよ」

舞衣がぶるっと体を震わせる。

「よかったぁ……私、辞めてて」

心底安心したようなその声に、天は軽く噴き出す。

この人、新しい職場は大丈夫なのだろうか。ちょっと心配だけど、生き生きとした舞衣の表情を見る限りは、なんとかやっているのかな、と思う。

夕暮れの商店街は人通りが多かった。時計屋の店先で、肉屋のおばさんと時計屋のおばさんがおしゃべりをしている。

舞衣の手を引きながら、そばを通りすぎようとしたら、「あら、天ちゃんじゃない！」と声をかけられた。

ヤバい。見つかった。

「まぁ、一緒にいるのは、コンビニにいたお姉さんよね？」

時計屋のおばさんが、眼鏡のフレームをくいっと上げて言う。

「あ、こんにちは。ご無沙汰《ぶさた》しています」

舞衣が天の手を離して、ぺこりと頭を下げた。

「いいわねぇ、天ちゃん！　デート？」

「そんなんじゃないって」

「いいって、いいって、照れなくても」

「そうよー、若いっていいわねぇ」

天はおばさんたちの声を適当に聞き流すと、「それじゃ」とまた舞衣の手を引っ張った。

舞衣はもう一度おばさんたちに頭を下げて、天のあとをついてくる。

「デートだとか、冗談じゃないよな」

五差路の交差点で立ち止まる。信号は今日も赤だ。

「私はデートと思われてもよかったけど？」

「へ？」

舞衣の言葉に、ついおかしな声が漏れた。舞衣は天の顔を見上げて、くすっと微笑む。

「ていうかこれ、デートじゃないの？」

舞衣が天とつながった手をそっと持ち上げる。天は急に恥ずかしくなる。

「ま、まぁ、そういうことにしとくか」

「うん。そうしよう」

舞衣がくすくすと笑っている。からかわれているのだろうか。どこまで本気なんだか、わからない。

天は舞衣と手をつないだまま、まっすぐ前を見る。信号の脇に老人の姿はもうないけれど、天の母が供えている白い花は、今日もかすかに風に揺れていた。

天の胸がきゅっと詰まる。いつになっても、ここは特別な場所だ。

信号が青になる。天と舞衣は一歩ずつ足を踏み出す。一台の自転車がふたりを追い越し、走り去っていく。

どこか遠くから、聞こえるはずのないブレーキ音が聞こえた。ひやっと全身が冷えて、そのあとかあっと熱くなる。心臓の鼓動が速くなり、静まれ静まれといつものように心の中で唱える。

そのとき、舞衣が、つないだ手に力を込めた。

いた。

「大丈夫だよ、天ちゃん。私がいるからね」

天は舞衣の顔を見た。舞衣は天を見上げて、穏やかな顔で微笑む。

その瞬間、すうっと全身の汗が引いていく気がして、気がつくと横断歩道を渡り切って

そうか、いま、舞衣に守られたんだ。

ふたりはお互いの傷痕を、ちゃんとわかっているから。

「天ちゃん、ちょっと待っててね」

そう言うと、舞衣は天から手を離し、白い花のそばにしゃがみ込んだ。そして両手を合わせ、静かに目を閉じた。

やがて舞衣がぽつりとつぶやく。

「拓実くんは……ここにいるのかな?」

天は首を横に振る。

「いないよ、こんな排気ガス臭いところには」

「そうだね」

舞衣がにっこり微笑んで立ち上がった。

「きっと陽菜もここにはいないね」

「うん」

春の暖かい風に髪があおられ、舞衣は右手で耳元を押さえる。なんとなくその姿に見惚《みと》れていると、風に乗って一枚の花びらが飛んでくるのが見えた。

「あ……」

舞衣が天の顔を見る。

「桜の花びら」

「え？」

「ついてる」

舞衣はふふっといたずらっぽく笑って、天の鼻の頭をつんつんっとつつく。かあっと顔が熱くなった天の前で、舞衣は花びらをつまんだ指先を見せた。

「ほら。ね？」

「あー、うん」

心臓の音がドキドキとうるさい。舞衣は小さく笑うと、その指を空に向けた。そして指先をそっと広げる。淡いピンク色の花びらは、風に吹かれて飛んでいった。

舞衣が空を見上げる。その隣で天も空を見た。青い空にはいつの間にか、たくさんの花びらが舞っている。

あのときみたいだ。真っ暗な中にひとりぼっちで落とされたとき。あのときもこんなふうに、花びらがたくさん落ちてきた。

だけどいまはちょっと違う。この世界は真っ暗ではなく、明るい光に包まれている。

天はもそもそと手を動かし、舞衣の手を探す。そしてそのあたたかさを見つけると、そっと握りしめた。

「よかった」

「ん？」

「舞衣さんに会えて」

天の声に舞衣がくすっと微笑んで、その手を握り返す。

「私も、天ちゃんに会えてよかった」

ちらっと隣を見たら、舞衣の笑顔が見えた。

『お姉ちゃんの笑顔を守ってほしいの』

陽菜のまっすぐな視線を思い出す。

「わかってるよ。俺だってこの顔を、ずっと見ていたいと思うから」

「え？　なに？」

舞衣がきょとんと天を見る。天は笑って舞衣に言った。

「なんでもない」

手のひらに力を込めたら、舞衣も笑った。歩道の先から声が聞こえる。

「おかえりー、天と舞衣ちゃん！」

店の前に立ち、大声で叫びながら手を振っているのは天の母だ。その後ろから父もひょっこり顔を出している。

「あー、あんなデカい声で恥ずかし……」

頭を抱える天の隣で、舞衣がくすくす笑う。そして母に負けないほどの大声で答えた。

「ただいま帰りました！　おばさん、おじさん！」

そして天に振り返り、「行こっ」と手を引っ張る。

「お腹すいちゃった。お酒もいただいちゃおうかなぁ」

「飲み過ぎんなよ」

「大丈夫よ。でも帰りは送ってね、天ちゃん」

ふたりで会話しながら、手をつないで歩く。そんな姿を見守る、父と母の姿が見える。

まだ明るい春の夕暮れ。傷痕を撫でる柔らかい風。つないだ手のあたたかいぬくもり。

あのとき死ななくてよかった。

天ははじめてそう思った。

あとがき

はじめまして。水瀬さらと申します。

たくさんの本の中から『君が、僕に教えてくれたこと』をお手に取ってくださり、誠にありがとうございます。

この物語がこうして本になり、みなさまのもとへお届けできたこと、大変嬉しく思っております。


本作は、残された人たちが手を取り合って、一歩踏み出すまでのお話です。

大切な人とのつらい別れは、誰もが経験することでしょう。

でもそのつらさの乗り越え方は人それぞれ。

いつまでも立ち止まったまま、動けないこともあるかと思います。

わたしはそんなとき、頑張って一気に乗り越えようとしなくてもいいんじゃないかな、なんて思っています。

泣いたっていい。寂しかったら寂しいって言っていい。ときには後戻りしてもいい。たくさんの想いを抱えたまま、少しずつ少しずつ、桜のつぼみが花ひらいていくように、前を向いていけたらいいですよね。

そのとき隣に寄り添ってくれる人がいたら、とても心強いんじゃないかな、と思います。

このお話もそんなふうに、誰かの心の支えになれますように。

最後になりましたが、お礼を。

担当編集の佐藤さま。いつも的確なアドバイスと、お褒めの言葉をありがとうございます。おかげでとても楽しく、作品を作り上げることができました！

装画を担当してくださったフライさま。素敵なイラストは宝物です。本当にありがとうございました。

また、マイクロマガジン社のみなさまをはじめ、この本に関わってくださったすべてのみなさま。そしてなにより、ここまで読んでくださった読者さま。

本当に本当にありがとうございました。

いつかまた、お会いできることを願っております。

二〇二三年二月　水瀬さら

ことのは文庫
君《きみ》が、僕《ぼく》に教《おし》えてくれたこと

2023年3月26日　初版発行

著者　水瀬《みなせ》さら
発行人　子安喜美子
編集　佐藤　理
印刷所　株式会社広済堂ネクスト
発行　株式会社マイクロマガジン社
URL：https://micromagazine.co.jp/
〒104-0041
東京都中央区新富1-3-7 ヨドコウビル
TEL.03-3206-1641 FAX.03-3551-1208（販売部）
TEL.03-3551-9563 FAX.03-3551-9565（編集部）

ISBN978-4-86716-401-3　C0193